LE OMBRE DI MAPLEWOOD

OMBRE DEL PASSATO. OSCURI SEGRETI. SCONVOLGENTI RIVELAZIONI.

LAURA LAURENTI

*A tutti voi che, con il vostro calore e il vostro sostegno,
mi aiutate a dissolvere le ombre che si intrecciano intorno al mio
cuore e alla mia mente, permettendomi di scoprire la luce
anche nei labirinti più oscuri.*

Kintsugi per sogni infranti

*Trasforma un sogno infranto
in una nuova preziosa realtà.*

Prologo
Un'ombra vaga

❦

Lunedì 6 marzo 2023

Ore 14:00

Il gracchiare dei corvi squarcia il silenzio.
Con le mani mi copro le orecchie, ma la sua eco si insinua nella mia mente.
Mi alzo con fatica dalla poltrona sulla quale ormai trascorro la maggior parte delle mie giornate.
D'altra parte, le mie ossa sempre più fragili non mi permettono di fare molto altro.

Mi dirigo zoppicante verso il piano di sopra, non riesco più a camminare come un tempo, non mi sono ancora del tutto ripresa dalla brutta frattura al femore di un paio di anni fa.

Salgo le scale con amara lentezza aggrappandomi alla ringhiera.

In fondo al corridoio c'è quella porta sempre chiusa.

Quella dell'altra stanza.

L'ho svuotata di tutto quello che conteneva per non dovervi entrare più, ma il grido dei corvi viene proprio da quella parte, è sempre più forte e sembra chiamarmi.

Quando entro, l'oscurità mi avvolge; così come l'odore di chiuso che quasi mi soffoca.

Scosto le tende.

Sono pesanti e piene di polvere.

Tossisco.

A poche centinaia di metri da casa mia, all'inizio del viale, c'è qualcuno.

Prendo gli occhiali che mi pendono dal collo e li inforco con mani tremanti.

Devo vedere meglio.

Devo capire.

Ma quando cerco di mettere a fuoco, non ci riesco: la mia vista negli ultimi tempi si è *indebolita molto, così la figura resta un'ombra vaga nella luce grigia del pomeriggio.*

Rimane ferma, senza fare un passo.

Da qui non riesco neanche a capire cosa stia facendo.

Respira, forse.

Forse, solo questo.

Come se volesse assorbire l'odore dell'erba incolta che cresce ai lati della strada.

Finalmente si muove, verso la fine del viale, verso quella casa, verso di me.

Cammina con la testa china, i passi lenti e cauti sull'asfalto screpolato.

Si avvicina al cancello arrugginito e pericolante, al muretto di cinta che circonda quel luogo e vi posa sopra una mano.

Ora riesco a vedere i suoi capelli castani, tagliati corti e le forme armoniose di una donna nel fiore degli anni.

Il giardino dall'altra parte del muro è ancora spoglio; la primavera tarda ad arrivare quest'anno, ma immagino che là dentro gli alberi siano proprio come quelli che ho io: pieni di gemme piccole e rotonde come pastelli a cera, dal colore ancora sconosciuto.

Adesso vedo che la donna abbassa la testa e si passa una mano sui pantaloni scuri, cercando di togliere la sabbia granulosa che i mattoni rilasciano ovunque quando si sgretolano.

Quel muretto ormai è così fragile che basta guardarlo per vederlo cadere a pezzi.

Nessuno in questi trent' anni ha mai pensato di ristrutturare quell' edificio, né di raderlo al suolo una volta per tutte.

L'hanno lasciato lì, ad agonizzare.

Alza lo sguardo.

Verso quelle finestre, ormai anneriti occhi vuoti.

Pronti a giudicare, a inghiottire tutto e tutti.

Guardano lei, guardano me.

Ogni giorno, ogni notte.

Per questo, la finestra è sempre coperta e in questa stanza non entro mai.

Non voglio vedere, non voglio ricordare.

Un corvo gracchia di nuovo.

Il suono questa volta sembra venire dal mio tetto.

Non posso vederlo, ma lo immagino lassù, nero e immobile.

Mi accorgo che sto stringendo il bordo della tenda con troppa forza, come se cercassi un supporto, un appiglio per non crollare sotto il peso del tempo trascorso.

Gli occhi della donna, adesso, si alzano lenti fino alla mia finestra e io, tremante, la riconosco.

Il mio cuore accelera, un battito rapido e violento che mi toglie il respiro.

Le gambe diventano pesanti, quasi paralizzate dalla paura, incapaci di sostenermi.

Il suo viso è lo stesso di un tempo.

Lo riconosco.

Come allora, lei piange.
E io piango, come allora.

Capitolo 1
Gioco di luci e ombre

Mercoledì 8 marzo 2023

Ore 17:30

La brusca frenata mi fa sbattere la testa contro il finestrino.

Apro gli occhi al buio della sera.

Il gioco di luci e ombre riflette l'immagine del mio viso gonfio di stanchezza: le labbra disidratate dalle lunghe ore passate in viaggio, la pelle spenta e lo sguardo vuoto e appesantito da borse e occhiaie.

Il dolore sordo delle dita nella carne… è l'unica sensazione che riesco a percepire.

Sposto lo sguardo sul mio grembo: le mani sono serrate a pugno.

Come se avessi paura di lasciare andare qualcosa.

O qualcuno.

Le apro di scatto.

Sono vuote.

«Sono arrivata.»

Espiro.

La mia voce ha il tono misto di sollievo e tristezza che l'accompagna ogni volta che raggiungo un punto di arrivo, anche se il viaggio è stato tedioso come questo.

Non c'è nessuno intorno a me a raccogliere le mie parole; sono sola sulla carrozza.

Quando mi alzo in piedi non ho più l'impressione di essere sopra a uno strato di gelatina, una sensazione che mi ha accompagnata per buona parte della giornata.

Mi piego per raccogliere la mia cartella da lavoro, poi tiro giù il piumino dalla cappelliera con un piccolo e, con ogni probabilità poco aggraziato, salto.

Le porte del treno sono ancora chiuse, non vedo alcun pulsante di apertura.

Solo una leva di metallo, simile a quella del freno di emergenza, spunta sul lato.

Mi guardo intorno, ansiosa di trovare un altro modo per scendere, ma non c'è nulla.

Con un sospiro, tiro la leva.

La porta si apre con una lentezza estenuante e, appena sento l'aria fresca, sguscio fuori grata di lasciarmi alle spalle il caldo soffocante del treno.

Solo io esco e nessun altro sale; il marciapiede che costeggia il binario è deserto.

Sono le 17:30.

Non mi aspettavo di trovare un tabellone elettronico e infatti non c'è.

L'orologio sotto la pensilina incorniciato da un'elaborata struttura in ferro battuto, tuttavia, segna lo stesso orario che vedo sul mio smartphone.

Come da programma.

Sono stata in viaggio per dodici ore precise.

Partita nel buio, arrivata nel buio.

Durante il tragitto non ha fatto che piovere.

Ho attraversato quasi tutto il paese, eppure la nebbia fuori e la condensa sul vetro mi hanno tenuta lontana dal paesaggio.

Non avrei avuto tempo di osservarlo bene, comunque, il lavoro mi ha tenuto parecchio impegnata.

Anche ai passeggeri che mi circondavano, non ho dato che un'occhiata distratta: c'era una coppia di anziani seduti uno accanto all'altro immobili, con gli occhi persi nel vuoto; un uomo d'affari, anche lui piegato sui suoi documenti; una ragazza con gli auricolari, persa nella musica che canticchiava piano e teneva la testa appoggiata al finestrino, del tutto ignara di tutto ciò che la circondava.

Mi avvio verso l'uscita.

Nessuno mi chiede il biglietto e non ne ho bisogno nemmeno per lasciare il binario.

L'ufficio del capostazione è chiuso e non c'è traccia di una caffetteria.

Non mi stupisce: non credo che il movimento viaggiatori di questo posto sia così elevato da giustificarne l'esistenza.

Il silenzio che mi circonda è quasi palpabile; niente schiamazzi, nessuno degli annunci che si sentono in città, solo il fruscio dei miei passi sul pavimento lucido.

Scorgo uno stand di giornali gratuiti, mi avvicino e ne prendo uno senza pensarci troppo.

Un piccolo sollievo, una traccia familiare della mia vita di sempre.

Poi, come al solito, lo getterò senza nemmeno sfogliarlo.

Fuori il paesaggio è immobile e deserto.
Un pensiero improvviso mi fa voltare.

L'insegna della stazione mi toglie ogni dubbio: Maplewood.

Sì, sono nel posto giusto.

Al capolinea.

Eppure, un brivido di inquietudine mi attraversa le vene.

Scuoto la testa e mi metto in cammino affrettando il passo.

Capitolo 2
Ombre fugaci e silenziose

Mercoledì 8 marzo 2023

Ore 18:00

«Il bosco degli aceri. Chi ha scelto questo nome senza dubbio doveva avere poca fantasia.»

Mormoro con un sorriso ironico, quando vedo che una fila di alberi spogli fiancheggia quello che immagino sia il viale principale.

Sempre che queste piante siano davvero aceri; non sono un'esperta in materia e in questa stagione gli alberi senza foglie si assomigliano tutti.

L'oscurità di questo pomeriggio d'inverno si fa sempre più intensa, sembra quasi che la luce dei lampioni non riesca a dissiparla.

All'orizzonte, alcune luci fioche punteggiano il paese, ma non ho voglia di avventurarmi verso di esse.

Non stasera.

Non ho fame.

All'ultima stazione di cambio ho comprato un panino, patatine e una bibita che sapeva di plastica.

Il pastone di spezie sconosciute e formaggio liofilizzato mi è rimasto incastrato tra i denti.

La limonata, gassata all'inverosimile, non aveva nemmeno un sapore.

Ho bisogno di una doccia: immagino di avere addosso una miscela di odori di treno, di stanchezza, di fatica.

E poi andrò dritta a dormire.

Svolto a sinistra, così come indicato sulla mappa che mi è stata fornita dalla piattaforma di prenotazione.

L'ho salvata in modalità offline, perché mi è stato detto che qui in paese la connessione internet è molto instabile; infatti, il mio smartphone non rileva alcun segnale.

Il vialetto pedonale su cui mi trovo adesso è costeggiato da case in pietra arenaria tutte diverse l'una dall'altra.

Le tende non sono ancora abbassate e attraverso i vetri riesco a intravedere ombre.

Fugaci e silenziose, sembrano galleggiare.

Qui, tutto appare così fermo, immobile, così diverso dalla mia città, dove le luci dei negozi e il rumore delle macchine non smettono mai di riempire l'aria.

Alla mia destra scorre rapido un ruscello.

La luce dei lampioni si infrange sull'acqua, come un'immagine distorta, tagliata in mille pezzi.

Faccio un respiro profondo e proseguo, mentre il vento gelido mi colpisce la pelle.

Ho la sensazione che tutto mi stia osservando, che ogni angolo, ogni ombra mi stia scrutando.

Forse è solo la stanchezza che gioca brutti scherzi.

Poco più avanti, c'è un ponticello di pietra con il parapetto ricoperto di muschio e edera, lo supero e mi trovo sull'altra riva.

Qua non ci sono lampioni e il riverbero di quelli che costeggiano l'altro lato della passeggiata non raggiunge questa zona.

Il mio cuore accelera mentre accendo la torcia del telefono.

Mi tremano le mani.

Di freddo, credo…e la sua luce è tremolante quando illumina il civico.

È quello giusto.

Un sospiro di sollievo, poi con un sussulto penso al fatto che qui la quiete faccia davvero paura.

Mi avvicino al cancello di ferro.

Non ha alcuna funzione di sicurezza, è un semplice elemento decorativo: troppo basso per tenere lontano malintenzionati, non ha spuntoni né catene.

Sento un fruscio sopra di me, alzo gli occhi, ma ciò che riesco a vedere è solo il cielo che si fa sempre più scuro, privo di stelle.

Spingo il cancellino.

Un clic improvviso: il sensore di movimento si attiva, facendo scattare la luce del portico.

Un bagliore bianco ghiaccio illumina il cortile di ghiaia come un iceberg di luce nell'oceano di buio profondo che mi circonda.

Capitolo 3
Un' ombra di luce

Mercoledì 8 marzo 2023

Ore 18:30

I miei passi risuonano sul vialetto di ingresso. Accanto alla porta d'entrata c'è una cassettina con un lucchetto a combinazione a quattro cifre.

"Le chiavi sono lì, con il codice che ti abbiamo inviato." diceva il messaggio.

La apro, poi guardo la chiave per un momento prima di prenderla: sento una strana tensione crescere in me.

Scuoto la testa per mandare via i brutti pensieri.

Mi trattengo un attimo sotto il porticato per slegare la decorazione messa intorno al battente della porta: un'inutile cianfrusaglia che mi fa storcere il naso anche a Natale, figuriamoci fuori stagione.

La luce esterna si spegne proprio quando entro nell'alloggio.

Metto la borsa da lavoro a terra e mi tolgo il piumino e le scarpe con un certo sollievo.

Anche senza tre centimetri di tacco posso sfiorare le travi a vista del soffitto con la punta delle dita.

Non sono alta, eppure non mi sono mai sentita a mio agio in spazi così piccoli e angusti.

Nell'aria c'è un buon profumo di spezie e agrumi e un piacevole tepore.

Tuttavia, non c'è nulla che mi faccia sentire a casa: il divano su cui getto la decorazione ha una tappezzeria pesante e antiquata a quadrettoni verdi e rossi; il camino è in finto stile rustico, artificioso e senza anima; il televisore troppo grande sembra soffocare il poco spazio disponibile.

Mi avvicino alle scale ripide e senza ringhiera, proprio come era descritto online.

Mi sorreggo al muro salendo con lentezza.

Trattengo il respiro, la punta della lingua tra i denti come quando sono concentrata al massimo.

La stanza da letto è ampia, al centro della parete c'è una finestra a bovindo.

Immagino che il panorama che si gode di giorno da questo punto sia suggestivo, ma adesso sui suoi vetri si proietta solo il buio.

Mi affretto a coprirli con le tende color carta zucchero.

Mi guardo intorno, il soffitto è spiovente e ho la sensazione che voglia chiudersi su di me.

Soffocarmi.

L'arredamento è ricercato; i pavimenti di legno massello, le pareti ricoperte da stampe di antiche carte geografiche di luoghi adesso inesistenti.

Tutto sembra immacolato, ma è finto, superficiale, fatto in serie.

Forse è solo la stanchezza, ma non riesco a liberarmi di questa sensazione di vuoto, del fatto che ci sia qualcosa di sbagliato che aleggia nell'aria.

Ho la bocca secca, ho bisogno di bere qualcosa di fresco; se alcolico tanto meglio.

Scendo di nuovo le scale, facendo attenzione a ogni passo.

Mi appoggio al muro con entrambe le mani per bilanciarmi.

Attraverso il salotto e mi dirigo in cucina.

In un angolo hanno posizionato un minuscolo tavolo da pranzo, troppo piccolo anche per ospitare due bambini, men che meno due adulti.

Mi guardo intorno alla ricerca di un frigorifero.

Non vedendolo da nessuna parte, mi accoccolo sulle ginocchia e apro tutti gli stipetti.

È piccolo, sembra un minibar, ma è pieno.

Prendo una bottiglia mignon di bollicine e la apro strappando la carta dorata che riveste il tappo a vite, non mi scomodo a cercare un bicchiere: non devo condividerlo con nessuno.

Sul primo ripiano c'è una vaschetta di fragole.

Alzo gli occhi al cielo e sbuffo esasperata.

Fragole e champagne, un vero cliché.

La casetta è senza dubbio pensata come rifugio romantico, per coppie che vogliono fuggire dalla realtà.

Ma credetemi, si possono fare cose altrettanto trasgressive anche con whisky e mandarini.

Torno di sopra, sempre facendo attenzione a non mettere un piede in fallo, soprattutto adesso che ho le mani occupate.

Entro nel bagno e apro l'acqua della vasca.

Il bagnoschiuma ha un colore perlaceo e una fragranza al gelsomino troppo dolce che mi fa quasi venire il mal di testa.

Ma ormai è troppo tardi per fare la schizzinosa, avrei dovuto farci caso prima di versarne mezza boccetta in tre dita d'acqua.

Mi spoglio togliendomi pantaloni e collant come se fossero un unico indumento e lasciando il maglione, la canotta e il reggiseno dentro al lavandino e poi immergo un piede; le dita si arricciano come i tentacoli dei calamari quando li butti nell'olio bollente, abbasso un po' la temperatura, aprendo il rubinetto dell'acqua fredda.

Pochi secondi di attesa e poi entro, ho fretta: voglio solo darmi una sciacquata e poi mettermi a letto.

I buoni propositi, tuttavia, evaporano in un secondo quando sento il tepore dell'acqua avvolgermi.

Chiudo gli occhi, lasciandomi coccolare dal silenzio.

Sento solo le bollicine frizzare nella bottiglia, l'acqua scorrere nei radiatori e la pioggia che batte sul tetto.

Quando rientro in camera, mi butto addosso della biancheria intima pulita e la maglietta extra large che uso come camicia da notte e poi mi sdraio sul letto.

Il materasso è rigido, proprio come piace a me; i cuscini, tuttavia, sono troppo gonfi, troppo morbidi.

Mi infastidiscono.

Li getto a terra.

Prendo in mano il mio telefono e scopro che ci sono una decina di messaggi.

Deve essersi collegato da solo alla rete senza fili di questo posto, eppure credevo ci fosse bisogno di una password.

Non me ne intendo chissà quanto di questo tipo di tecnologia, comunque.

Sono tutti di Juliet, la mia migliore amica, ne ha inviati dieci nell'ultima mezz'ora.

L'ultimo è di un minuto fa

[19:25] Juliet: Sei arrivata? Tutto ok?

Le scrivo: Sono arrivata! Tutto bene! A domani.

Chiudo la comunicazione in modo frettoloso, forse troppo.

Non voglio parlare con lei stasera e la stessa cosa accade sempre più spesso negli ultimi tempi.

Eppure, le rispondo.

Sempre.

Ogni volta che mi contatta, interrompo qualsiasi cosa stia facendo, come se non avessi altra scelta, come se non potessi evitare di darle la mia attenzione.

Juliet avrebbe adorato questo posto: ama le decorazioni inutili e vive in un appartamento pieno di bambole di pezza inquietanti.

Non condivide il mio amore per lo stile minimalista e per le snowball – le palle di vetro con la neve dentro.

Le colleziono da quando ho memoria.

Mi danno l'illusione di poter avere il controllo su qualcosa e veder nevicare dentro la Torre Eiffel o il Colosseo mi calma.

La settimana scorsa Juliet mi ha ferita, per questo ce l'ho con lei.

È venuta da me a vedere la nuova serie TV che trasmettono il venerdì e mi ha ferita.

«Carino, te l'ha regalato il *tuo* William?»

Ha chiesto quando ha visto che sul tavolo da fumo c'era un nuovo soprammobile: in questo qui la neve scendeva sulla Statua della Libertà.

Sentire quel suo tono di sarcasmo mi ha fatto stare male.

Juliet l'ha capito senza ombra di dubbio, eppure non si è scusata per quello che ha detto; ma d'altra parte non si scusa mai, perché; avrebbe dovuto farlo proprio in quell'occasione?

William non è *mio*: è sposato.

Non è *mio*, non lo è mai stato e non lo sarà mai e questo è stato chiaro fin dal primo giorno.

Tuttavia, sentirlo dire da Juliet e in quel modo, mi ha mostrato una verità che non sono più stata in grado di ignorare.

Ci ho dato un taglio, due giorni fa.

Sono andata nel suo ufficio, all'università.

Quel luogo dove abbiamo trascorso tanto tempo insieme, da colleghi prima e da amanti poi.

Gli ho detto che avevo bisogno di prendermi un momento di pausa, di riflessione.

Lui non ha battuto ciglio, non ha cercato di trattenermi.

Non gliene ho dato il tempo: me ne sono andata senza neanche dargli modo di alzarsi dalla scrivania.

Non ho più risposto ai suoi messaggi, né alle sue chiamate, perché non sono in grado di gestire i confronti e le spiegazioni, soprattutto quando in ballo ci sono i miei sentimenti.

E adesso sto male.

E ogni volta che ci penso… è come quando ti tagli un labbro: ogni volta che muovi la bocca, che sorridi, che pronunci una parola, provi del fastidioso bruciore e ci vuole una vita perché la ferita si rimargini.

Vorrei che fosse qui.

Vorrei che almeno mi scrivesse per chiedermi come sto.

E invece non lo fa.

Il suo ultimo messaggio diceva che mi avrebbe lasciato i miei spazi, che mi avrebbe lasciato libera di prendere le mie decisioni e che mi capiva.

Immagino che adesso passi il suo tempo libero in famiglia, con i suoi figli.

O forse, ma non riesco neanche a pensarlo, con qualcun'altra.

Non posso dire a Juliet come mi sento, mi fa sempre sentire in colpa per le mie stesse emozioni.

Che siano positive o negative.

Anche la mia casella di posta ha un nuovo messaggio: è la tipa che gestisce gli appuntamenti per la compagnia assicurativa con cui collaboro.

Mi ricorda giorno e ora di quello che ho domani: il proprietario del negozio di antiquariato del paese li ha contattati per far valutare un vaso cinese che gli è stato donato.

Apro la foto allegata e la allargo muovendo pollice e indice sullo schermo.

Sono quasi sicura che si tratti di un'imitazione: non si vedono quelle macchie di ruggine date dall'ossidazione del ferro presente nella creta e la simmetria sembra perfetta.

Ma il mio lavoro si basa sull'esattezza e le parole *quasi* e *sembra* nel mio vocabolario non esistono.

Il tizio non si è fidato a spedire il pezzo, la foto che ha mandato sembrava fatta da un'auto in corsa e quindi…eccomi qui, una delle cinque maggiori esperte di arte orientale della nazione.

Apro l'applicazione di lettura per poter leggere ancora un paio di righe del giallo che ho iniziato in treno, ma non riesco a concentrarmi, mi si chiudono gli occhi.

Appoggio il telefono sul comodino, lo schermo si spegne dopo pochi secondi.

Di nuovo il buio completo.

La mia vista non riesce ad abituarsi all'oscurità e non scorgo nulla degli oggetti che mi circondano, neanche i loro contorni.

L'ultima percezione che ho prima di farmi vincere dal sonno è che dalle tende stia filtrando un'ombra di luce.

Capitolo 4
Un' ombra sull' anima

Giovedì 9 marzo 2023

Ore 07:30

Da quando mi sono svegliata, il pensiero di quella luce che filtrava dal giardino mi tormenta.

L'ho sognata o era reale? Non era il chiarore caldo e morbido dell'alba, era una luminosità fredda, artificiale, che sembrava spezzare il buio con una precisione angosciante.

E allora chi, o cosa è entrato in giardino? Un animale? Una folata di vento?

I sensori di certe luci da esterno sono parecchio sensibili agli agenti atmosferici.

Mentre cammino verso il centro del paese per l'appuntamento, noto un cartello scritto a mano all'ingresso di un giardino.

È una villetta di mattoni rossi e il cancello è aperto.

Entro e mi avvicino a una teca trasparente piena di vasetti di marmellata.

I gusti sono scritti in corsivo, in una grafia ordinata e attenta.

Ma gli abbinamenti... piuttosto insoliti: *fragola e lavanda, ciliegia e menta, fichi e rosmarino.*

Lilly, la donna che le prepara, si scusa per l'aumento dei prezzi.

Le materie prime – si legge nel suo messaggio - adesso sono più costose.

Invita, comunque, a pagare mettendo i soldi nella cassetta delle lettere.

Un'iniziativa che in città non funzionerebbe mai: qualcuno approfitterebbe della buona fede per portare via tutto senza pensarci due volte e senza sborsare un centesimo.

Mi sfiora l'idea di comprare un vasetto per Juliet.

Le piacciono molto le marmellate fatte in casa e in fondo in fondo l'ho già perdonata: non è colpa sua se dice la verità anche quando dovrebbe farsi i fatti suoi.

Ma non voglio appesantire la mia cartella da lavoro e soprattutto non posso rischiare che il vasetto si apra sui documenti che sto portando.

Magari dopo l'incontro con l'antiquario, prima di prendere il treno del ritorno, se avrò tempo.

Sulla parte superiore della teca vedo qualcosa muoversi, un gioco di luci che si spezza e si ricompone in un attimo.

Alzo la testa di scatto, il cuore che batte più forte.

È una nuvola.

È solo una nuvola che è andata a coprire il sole.

Sospiro di sollievo, eppure non riesco a tranquillizzarmi, da quando sono arrivata in questo posto ho i nervi a fior di pelle.

Mi allontano dalla villetta, il pensiero ancora fisso sulla teca di marmellate, tento di scrollarmi di dosso la sensazione strana che mi ha scossa, come se un'ombra mi si fosse posata sull'anima impedendomi di vivere con serenità.

La strada sembra vuota, nessun suono tranne il mio respiro… irregolare.

Pochi metri ancora e infine arrivo al villaggio vero e proprio.

C'è un obelisco al centro della piccola piazza: tre gradoni in pietra formano la base del piedistallo, la colonna è di un materiale che a vederlo da qui sembra granito e sulla sommità c'è una croce, credo che sia un monumento ai caduti.

L' obelisco sembra fungere da punta di compasso: tutti intorno, equidistanti, ci sono alcuni edifici, in stile Tudor.

Hanno le facciate bianche, le travi in legno scuro a creare contrasto e decorazione, le finestre a ghigliottina con i vetri suddivisi in piccoli riquadri.

Scorgo le insegne di un pub, di una farmacia, di un ufficio postale, di un piccolo supermercato e di una caffetteria.

Mi dirigo verso quest'ultima per mettere qualcosa sotto i denti prima del mio appuntamento.

Capitolo 5
Un labirinto di Ombre

Giovedì 9 marzo, 2023

Ore 08:00

Il tintinnio di tazze e piattini, l'irregolare gorgoglio di un'antiquata macchina del caffè, il chiacchiericcio di sottofondo riempiono fino al colmo il minuscolo locale.

Mi passo d'istinto una mano vicino al collo, come se mi sentissi soffocare.

Un profumo dolce di cioccolato e crema al limone si addensa nell'aria, non mi aiuterà certo a rispettare la dieta che mi sono imposta.

Avrò bisogno di stare attenta a quello che mangio, soprattutto adesso che non potrò fare alcun tipo di esercizio fisico chissà per quanto tempo.

Un sospiro sconsolato mi sfugge dalle labbra quasi senza che ne sia cosciente, cuore e cervello sono fissi sul pensiero di William.

C'è una sola persona dietro al bancone e deve occuparsi di servire i dolci, preparare le bevande e della cassa, ma questo non sembra preoccuparla: non vedo segni di tensione sul suo volto o nei suoi gesti.

La guardo meglio, avrà la mia età.

Troppo grande per fare un lavoro simile, penso tra me e me.

In quelle che frequento di solito, queste posizioni sono occupate per lo più da studenti, molto spesso stranieri.

Questa caffetteria, tuttavia, non ha nulla di quelle che ci sono in città: nel frigorifero che ha ripiani di vetro lindi, sono adagiati dolci che sembrano fatti in casa, le bevande sono scritte a mano su una lavagna appesa al muro e la clientela è tutta composta da uomini e donne di una certa età, probabilmente pensionati, che chiacchierano tra loro in modo tranquillo e rilassato.

Nessuno mi guarda, eppure ho la strana, pungente sensazione di essere osservata e giudicata.

La ragazza al bancone ride, con un tono squillante che mi ricorda Juliet.

Le assomiglia anche un po': ha un cappellino bianco a coprire i capelli, ma gli occhi scuri hanno la stessa luce che ho visto in quelli della mia amica.

Una luce che mi ha guidato fuori dai miei labirinti di ombre.

Non potrò mai esserle grata abbastanza per quello che ha fatto per me.

«Una crostatina ai frutti di bosco.»

Ordino quando la persona che era davanti a me si avvia verso l'uscita dopo aver pagato, in contanti.

La ragazza al bancone non mi ha chiesto cosa desiderassi mangiare, né mi ha salutata quando sono entrata.

Ha una postura eretta, innaturale nella sua rigidità e si allontana di un paio di passi dal banco dei dolci.

I suoi occhi si alzano e si abbassano sulla mia figura come se avesse dei raggi x incorporati nello sguardo, quello che ha visto non deve esserle piaciuto granché perché incrocia le braccia al petto, sospira irritata e poi sposta lo sguardo a sinistra, verso un gruppo di quattro signore sedute intorno a un tavolo di legno rotondo.

«Un'ottima scelta, i frutti vengono da una azienda agricola della nostra Maplewood.»

Ha un lampo di orgoglio negli occhi e, quando pronuncia il nome del paese, abbassa la testa quasi con riverenza, come se facesse un inchino.

Non certo a me, ma al nome stesso del paese.

Non credo di essermi sentita più a disagio di adesso nella mia vita: sposto il peso da una gamba all'altra e quasi le strappo il piattino di mano quando me lo porge.

Lei, lo trattiene verso di sé e poi lo lascia andare alzando le sopracciglia.

Senza dubbio non le piaccio affatto.

«Un cappuccino grande.»

Ordino per spezzare questo momento di tensione.

«Le nostre tazze sono tutte uguali, non ne abbiamo di grandi o di piccole.»

Sospira, alzando gli occhi al cielo come se avesse di fronte una perfetta idiota.

Mi piacerebbe farle sapere con chi sta parlando, sciorinandole davanti la lista di tutti i miei certificati di laurea e dei dottorati, vorrei che mi chiamasse *Dottoressa Harrison*, come fanno in molti.

Ma lei non sa chi sono io e io non so chi sia lei, qui invece, devono conoscerla così bene che non ha neanche bisogno di avere un cartellino col proprio nome appuntato sul grembiule.

Non mi lascia pagare.

Non ancora, almeno.

«Dopo, dopo.»

Fa con un cenno della mano, come se volesse scacciare un insetto molesto.

Mi ritrovo con un vassoio di plastica lucido tra le mani a dover districarmi tra i troppi tavolini stipati in questo posto microscopico.

Le persone smettono di parlare quando passo vicino a loro, qualcuno mi dà il buongiorno con voce pacata, altri tacciono e continuano a fissarmi come se mi stessero studiando.

Finalmente riesco a sedermi al posto che avevo adocchiato quando sono entrata: è il più lontano dal bancone e ho l'illusione che mi tenga al riparo anche dagli sguardi che sento puntati su di me.

La sedia è molto scomoda: ha uno schienale di legno che quasi mi fa rimpiangere quelle poltrone con cui arredano le caffetterie in città, quelle su cui non mi siedo mai perché le tappezzerie che le ricoprono sono luride.

Il tavolino traballa, forse è per questo che era libero.

Tolgo il telefono dalla tasca del giaccone e inquadro la mia colazione.

Non faccio mai foto a quello che mangio, la trovo un'abitudine stupida e angosciante, ma stamattina voglio mandare così il mio buongiorno a Juliet.

Mi sento in colpa per come l'ho trattata ieri, per quello che ho pensato di lei: non è una persona soffocante, è il suo modo per dimostrarmi il suo affetto.

È colpa mia, io non ne ho mai avuto troppo, per questo non riesco a gestirlo.

[08:15] Juliet: Non potevi che ordinare quella crostatina ai frutti di bosco.

Risponde subito al mio messaggio e io resto col telefono in mano, turbata.

Non certo dal fatto che sappia che adoro more e lamponi, lo sanno tutti quelli che mi conoscono almeno un po', ma dalla velocità con cui mi ha risposto.

Non sarebbe neanche dovuta essere sveglia, lei non si alza mai prima delle undici.

«Sembra che la nostra Maplewood stia diventando sempre più popolare tra i forestieri.

Ogni giorno c'è qualcuno di nuovo in paese.

E lo sai cosa penso dei forestieri...»

Sono state le parole dell'uomo seduto a uno dei tavolini vicino al mio.

Lo vedo da dietro: ha la schiena curva, la testa coperta di radi e finissimi capelli bianchi.

Registro questi stupidi dettagli, l'influenza di Juliet.

A entrambe interessano gli uomini e le loro teste, ma mentre lei preferisce quello che hanno sopra, a me piace molto di più quello che hanno dentro.

Non si è accorto che stava parlando ad alta voce, che avrei potuto sentire il tono di disprezzo con cui mi ha chiamata "forestiera", come se fosse stata un'offesa.

Oppure, al contrario, ne era cosciente.

«Sssh, Walter, l'ha chiamata Harold Hughes, è una famosa archeologa.»

La donna davanti a lui, una signora sui settant'anni con i capelli tinti di biondo e arricciolati e una grande spilla appuntata sullo scialle rosso, gli risponde imbarazzata.

Non sono un'archeologa, né tanto famosa, eppure alzo lo sguardo e incontro quello della signora.

Mi metto i capelli dietro le orecchie per far vedere bene il mio viso, adesso che il paese sa chi sono e mi sistemo meglio sulla seduta aprendo le spalle.

Harold Hughes deve essere una persona importante qui, basta pensare al modo in cui è stato pronunciato il suo nome: con rispetto e timore.

Lui è il mio lasciapassare, infatti l'uomo si gira verso di me e mi sorride.

Un sorriso di circostanza che non gli scopre i denti, in fondo sono solo una forestiera.

Un fenomeno affascinante e pericoloso e l'uomo non riesce a sostenere il mio sguardo per più di qualche secondo.

Il mio telefono vibra, abbasso gli occhi grata di avere qualcosa su cui concentrarmi.

[08:17] Juliet: È buona quanto è bella? No.

Rispondo laconica dopo la prima forchettata.

Ha un retrogusto amaro e la base sembra cruda.

Ma ho davvero fame, non posso andare troppo per il sottile.

Il campanello della porta trilla per annunciare l'arrivo di un nuovo cliente.

È una signora con una busta di stoffa da cui spunta il ciuffo verde di un porro.

Mi alzo per lasciarle il tavolo libero.

Quando la ragazza al bancone la vede, comincia a cinguettare piena di giubilo: tra le mani ha già un piattino con una torta multicolore e ha messo su il bollitore per il tè.

Come se fosse con un'amica, anziché con una cliente.

Quando passo tra i tavoli per avvicinarmi alla cassa, le conversazioni di nuovo ammutoliscono.

«Offre la casa.»

Vengo liquidata così: senza uno sguardo, né un sorriso di circostanza.

Non protesto neanche, sguscio fuori, ma neanche l'aria fresca riesce a scacciare via quella sensazione di pesantezza che sembra volermi bloccare il respiro.

Capitolo 6
Un' ombra scura

Giovedì 9 marzo 2023

Ore 08:45

Il negozio di antiquariato del signor Hughes, luogo del mio appuntamento, è a pochi passi dalla caffetteria e si trova all'imboccatura di una stradina interna.

Quando mi avvicino, scorgo il cartello attaccato alla porta: "chiuso".

Ancora per poco.

Sono in anticipo, ma solo di qualche minuto.

In mancanza di altro, mi siedo sui gradoni di accesso e benedico il fatto di indossare le calze termiche.

Per ingannare il tempo apro la cartella da lavoro tiro fuori il tablet: clicco sull'applicazione di posta elettronica e dribblo le inutili newsletter da cui dimentico sempre di disiscrivermi.

Nessuna nuova, buona nuova.

Cerco di non cedere alla tentazione di spulciare i social.

So cosa troverei: foto di William che sorride con sua moglie, abbraccia i suoi figli, gioca a fare il padre perfetto.

Patetico alla sua età avere i social.

Patetico alla mia andare a letto con un uomo sposato.

E averlo come amico sui social.

E adesso, quel pensiero che non riesco a scacciare, la voce di Juliet che mi rimbalza nella testa: *mollalo, taglia i ponti con lui, salvati da una relazione del genere.*

E pensare che William non si è mai permesso di dire nulla di male su Juliet.

Non approvava il nostro rapporto esclusivo e lo capivo bene, ma non si è mai sognato di esprimere la sua opinione sulla nostra amicizia.

Lui sa meglio di chiunque altro, perché gli ho aperto il mio cuore, quanto io abbia bisogno di calore umano; soprattutto da parte di una persona della mia età anche se così diversa da me.

Premo il pulsante per rimuoverlo dalla mia lista di amici.

Mi assicuro che il mio profilo sia privato, che non possa più vedere nulla di quello che pubblico.

Non voglio che mi osservi, che mi faccia sentire come se fossi ancora legata a lui.

Eppure, mentre compio questo gesto, c'è una parte di me che si sente vuota.

Una parte di me che, nonostante tutto, non riesce a smettere di sperare, di desiderare che un giorno, magari, le cose possano essere diverse.

«A che cosa stai giocando?»

Per poco non mi cade il tablet dalle mani., il cuore mi balza in gola dallo spavento.

«Non sto giocando.»

Rispondo irritata per essere stata presa alla sprovvista.

Chiudo la copertina del dispositivo, mettendolo in standby.

«E allora che fai?»

Mi fissa.

È una bimba con gli occhi neri, lucenti come le piume di un corvo.

I capelli, dello stesso colore, devono esserle stati tagliati dal parrucchiere che ha lavorato con Tarantino in Pulp Fiction.

Indossa un'uniforme scolastica blu scura con la gonna plissettata.

Anche io avevo una gonna simile, la stoffa mi pizzicava le cosce.

Le mie giacche erano rosse, verdi scuro, nere... cambiavano sempre...

Neanche il tempo di abituarmi a una e già era ora di una nuova, che mi stava stretta o troppo larga, ma mai davvero giusta.

«Lo sai che la curiosità uccise il gatto?»

Le faccio, la mia voce carica di asciutto sarcasmo.

Lei socchiude gli occhi e stringe le labbra.

Sul suo viso si dipinge l'espressione che deve avere quando le mettono davanti un piatto di broccoli.

«Mi piacciono i gatti.»

Mi informa, il tono abrasivo da carta vetrata.

E poi entra nel negozio spingendo la porta.

Mi cadono le braccia dalla sorpresa.

Il negozio è chiuso, ma a lei cosa importa!

Immagino che quel cartello scritto in corsivo lei non lo sappia neanche leggere!

Quando la raggiungo all'interno, la bambina è già alla cassa.

Non è un negozio dell'antiquariato, è un ricettacolo di polverose cianfrusaglie.

I muri sono tappezzati di scaffali sovraccarichi di oggetti ingombranti e accatastati senza alcun ordine apparente.

Ognuno sembra avere una storia, ma una storia che preferirei non conoscere.

Tazze sbeccate, vecchie bambole con occhi di vetro che ti fissano, vinili dai bordi consumati, specchi opachi che deformano la realtà.

Ogni angolo nasconde qualcosa che non voglio vedere, ma che continua ad attirarmi, come un magnete invisibile.

L' odore di chiuso e muffa sembra volermi entrare sottopelle.

In fondo, dietro il bancone, c'è una vetrina piena di caramelle, ma non c'è nulla di dolce in quel loro aspetto consumato, senza vita, senza colore.

«Signor Hughes!»

Lo chiama la bambina a gran voce.

Spero che sia già sordo, altrimenti temo che lo sia appena diventato.

«Vieni via.Non c'è nessuno.»

Le intimo irritata, ma lei mi ignora.

Neanche gira la testa verso di me.

E io desisto.

In fondo che mi importa, la mollo qui e io torno fuori ad aspettare.

Spero solo che il tizio si dia una mossa: fa freddo e voglio rientrare in città.

Ne ho abbastanza di questo idilliaco e inquietante paesello e dei suoi sospettosi abitanti!

Invece di tornare indietro da dove sono venuta, tuttavia, giro intorno a uno scaffale pieno zeppo di maleodoranti animali impagliati.

Non ho mai capito come alla gente possano piacere certe schifezze.

Cucù, cucù

Sobbalzo e mi porto una mano al petto.

Sono le nove.

Mi ricorda un maledetto orologio.

Mi volto per imprecargli contro ma, qualcos'altro attira la mia attenzione.

Un'ombra scura si staglia davanti a me, come un sipario che scende lentamente, spegnendo la luce.

Il mio respiro si fa affannoso, le tempie pulsano sotto la pressione di una paura improvvisa, che non riesco a controllare.

Il disagio che sentivo nel petto ora si espande, bruciando l'esofago come se qualcosa di gelido e acido lo stesse attraversando.

Il mondo attorno a me diventa distorto, come se fossi immersa in una nebbia che mi avvolge.

Non so dove andare, ma le gambe si muovono prima che il mio cervello possa decidere cosa fare.

Mi ritrovo a camminare a tentoni, cieca, sbattendo contro gli scaffali, facendo cadere qualcosa a terra che si rompe a contatto col suolo.

Cerco la bambina: non deve vedere ciò che ho visto io.

Il mio respiro è diventato corto e affannato, il panico mi stringe la gola.

D'un tratto sento il suo calore accanto a me, la afferro per un braccio e poi la trascino fuori senza preoccuparmi delle sue proteste.

Capitolo 7
L'ombra della paura

Giovedì 9 marzo 2023

Ore 20:00

Uno squillo…

A malapena uno squillo…

«Hazel! È tutto il giorno che ti cerco!»

Una voce amica, una persona amica.

L'unica.

Ho spento il telefono questo pomeriggio, ho preferito non ricevere chiamate mentre ero con la polizia.

Sarei dovuta essere da lei questa sera, da Juliet, avremmo dovuto cenare insieme.

Prima era solo il mercoledì o quando tornavo da una trasferta di lavoro.

Adesso accade sempre più spesso e io non riesco a dirle di no.

«C'è stato un contrattempo.»

Le parole mi escono a fatica, come se dovessi forzarle fuori dalla gola, stretta a nodo.

Un *contrattempo*, se non è un eufemismo questo!

Il signor Hughes è morto e sono stata io a trovarlo nel suo negozio.

Non era come i cadaveri che avevo già visto in passato: sembravano tutti dormire composti nelle bare con quell'espressione serena sul viso.

Lui era diverso: il corpo accartocciato su sé stesso, gli occhi spalancati.

Come stamattina, anche adesso il cuore mi batte forte nel petto, un ritmo che mi rimbomba nelle orecchie, il gelo della paura si fa strada come un'ombra dentro di me.

Stringo un lembo del lenzuolo nella mano, mi sono già messa a letto, ma non credo che riuscirò a dormire.

Sono esausta, sconvolta.

Mi strofino le tempie con le mani cercando di allentare la tensione.

«Eddai, Hazel, che contrattempo!»

Juliet sbuffa dall'altra parte della linea.

Non so se sia il tono della sua voce o la forza con cui la sua domanda mi scuote, ma mi sento di nuovo quella ragazzina che ha sempre bisogno di giustificarsi.

Non voglio dirle quello che è successo, quello che ho visto.

Parlarne ad alta voce con qualcuno lo renderebbe ancora più reale e poi non saprei trovare neanche le parole giuste.

Preferisco chiudermi al mondo, anche a lei.

«Non sono ancora riuscita a valutare il vaso, per questo non posso rientrare in città.»

Le mie parole suonano più fredde di quanto avrei voluto, la fatica di mantenere la calma mi rende distante.

Sento il respiro pesante, ricordare la conversazione con la polizia mi colpisce i pensieri come un pugno.

Non sono stata io a chiamare la polizia, Turner era fuori dal negozio.

Era stato lui ad accompagnare lì quella bambina, quella stessa bambina a cui io ho gridato contro parole come *insopportabile e stupida*.

Più lei strepitava che voleva quelle maledette caramelle, più io – con le lacrime che mi pungevano gli occhi e le mani che mi tremavano - le davo della stupida.

«Immagino che ci sarà un'inchiesta, adesso.»

Gli ho detto questo appena ci siamo seduti nel suo ufficio.

Tra le mani stringevo un bicchiere di plastica pieno di tè bollente.

Quello delle macchinette, quello che ha l'odore – e forse anche il sapore - di un detersivo per piatti.

«E perché mai?»

Nella sua voce c'era un tono di scherno, come se volesse solo prendersi gioco di me.

«Hughes era un uomo anziano e la sua salute non era delle migliori.»

Mi ha spiegato facendo spallucce.

Io non ho cercato di controbattere, eppure questo suo modo di fare mi ha lasciato a dir poco perplessa.

Un vecchio antiquario trovato morto in quel modo, nel suo negozio che sembra un labirinto di oggetti e ricordi e nessuno si preoccupa di indagare?

Al detective non sono andata a genio: continuava a farmi domande con un tono passivo-aggressivo cercando in continuazione di sminuirmi, non la finiva di interrompermi e mi ha trattata con sospetto solo perché il mio passaporto è pieno di timbri di paesi caldi e lontani.

Forse crede che sia una trafficante di droga internazionale.

Quando gli ho spiegato il motivo per cui mi trovo a Maplewood, si è messo a ridere.

Una risata di scherno, inquietante.

«Non credo proprio che Hughes possa avere qualcosa di valore in mezzo a tutta quella sua spazzatura.»

Su questo non sarei potuta essere più d'accordo.

Ha voluto sapere tutto di me, Turner.

Il mio nome – Hazel – è l'unica cosa che ricordo.

Quando mi sono risvegliata in un letto d'ospedale, ero troppo piccola per poter andare a scuola, eppure il mio nome lo sapevo scrivere.

Con una calligrafia ordinata, inclinata sulla sinistra, con un grande svolazzo sotto la "l".

Proprio come lo scrivo adesso.

Il mio nome è l'unica eredità di un'infanzia dimenticata.

Non so cosa sia successo ai miei genitori, non so se avessi fratelli, sorelle, parenti, amici.

Non ho mai avuto il coraggio di chiedere, di cercare risposte.

Non posso.

Ho troppa paura di vedere dove potrebbero condurmi.

Mi sono stati dati degli "zii" provvisori.

Sballottata da una città all'altra.

Dal nord al sud del Paese.

Ho sempre cercato di passare inosservata, mimetizzarmi, come un camaleonte, ma in realtà non sono mai riuscita a sentirmi a casa da nessuna parte.

Gli ultimi "zii" mi hanno dato il loro cognome, Harrison e mi hanno fatta studiare all'università.

Ho scelto Conservazione dei Beni Culturali, visto che nessuno mi aveva mai conservata.

Forse perché io non sono mai stata un "bene", una risorsa, ma qualcosa da sopportare.

Un peso che gli altri si sono dovuti fare carico di portare.

«Tutto questo casino per un ammasso di cocci grande quanto una banana.»

La voce di Juliet che sbuffa irritata mi costringe a tornare al presente.

«Un... cosa?»

Le faccio eco io tra il divertito e lo scioccato.

Mi agito sotto le coperte incapace di star ferma.

Come diavolo fa a sapere queste cose?!

«L'hai detto tu Hazel: è un ammasso di cocci grande quanto una banana.»

Mi legge nei pensieri come al solito e io rabbrividisco.

Non è possibile, io...

Cerco di ribellarmi, è il mio lavoro e io non avrei mai parlato così di un'opera da valutare.

Vorrei controbattere, ma mi blocco appena in tempo: forse l'ho fatto davvero?

Ero arrabbiata e ho detto qualcosa di simile?

Ero preoccupata per il lungo viaggio e forse ero frustrata per aver chiuso con William?

Tormento con i denti una pellicina che si sta staccando dal labbro inferiore.

«Hazel.»

La voce di Juliet si fa seria all'improvviso e io sento crescere dentro di me il bisogno di chiudere, di allontanarmi da lei, da tutto.

Lo scrociare sempre più intenso della pioggia riempie il silenzio della stanza.

«Sai che puoi sempre contare su di me, vero? Se hai bisogno ti raggiungo.»

Non posso permettermi di rispondere, non ora.

Potrei pentirmene.

Non voglio dipendere da lei, non voglio dipendere da nessuno.

«Hai le tue cose da fare e poi io sto bene.»

Ribatto cercando di convincere me stessa più che lei.

«Lo sai meglio di me che non è vero.»

La sua risata amara, il tono della sua voce e ogni sua parola, carica di rabbia, mi colpiscono il cuore come proiettili.

Poi, senza nemmeno salutarmi, interrompe la chiamata.

Non sarebbe potuta terminare peggio la nostra conversazione.

Mi alzo dal letto, lascio il telefono tra i cuscini e mi avvicino alla finestra.

Vorrei poter trovare un po' di pace, delle risposte nel paesaggio che mi circonda, ma intorno a me c'è solo il buio e la pioggia che frusta i vetri.

All'improvviso un rumore, come un sussurro alle mie spalle.

Mi volto di scatto, ma come è ovvio che sia, non c'è nessuno in questa stanza, oltre a me.

Sono... Sola...

Una voce, un sussurro lontano.

Non sono sicura se provenga dalla mia testa o se sia davvero reale.

Sola... Sola... Sola...

Il suono sembra crescere, espandersi, fino a prendere forma.

Mi agito, il respiro si fa più affannoso.

Mi sembra di non avere spazio per respirare, come se l'aria stesse diventando più densa.

Sola... Sola... Sola...

Le voci sussurrano di nuovo, ogni volta più forti, più vicine, finché non mi esplodono dentro la testa.

Mi piego in avanti, le mani sulle orecchie, come a voler scacciare quelle parole che non riesco a fermare.

Poi, finalmente, grido.

Un urlo che rimbomba tra le pareti della stanza, un urlo che sembra uscire da un angolo profondo della mia anima.

Capitolo 8
Ombre di silenzio

Venerdì 9 marzo 2023

Ore 08:50

Turner è già davanti al negozio, lo vedo quando raggiungo la piazza.

È fermo accanto all'entrata, immobile, come una statua di scuro basalto.

Il corpo rigido, le braccia incrociate, lo sguardo fisso davanti a sé.

Come ieri non indossa l'uniforme, solo un semplice completo casual.

A quanto pare, i detective non ne hanno bisogno, ma so già che in una delle tasche del giaccone impermeabile tiene il distintivo: una stella a otto punte sovrastata da una corona.

Me lo ha mostrato ieri, quando mi ha chiesto di seguirlo nel suo ufficio.

Mi avvicino e lui alza appena le sopracciglia, un movimento che non è un saluto: sembra dire "alla buon'ora", anziché "buongiorno".

Sono arrivata prima di quanto avessimo concordato ma lui sembra non averlo notato: è come se vivesse in un mondo lontano dal mio, con un fuso orario a me sconosciuto.

Sono in anticipo anche se ho passato la notte insonne accovacciata in posizione fetale sotto alla finestra in una pozza delle mie stesse lacrime.

Adesso ho tutti i muscoli doloranti, neanche un bagno bollente all'alba è riuscito a scioglierli.

Mangiare qualcosa è fuori discussione: ho lo stomaco chiuso e non ho la forza per affrontare di nuovo la comunità.

Ieri ho spiegato a Turner che devo portare a termine il compito per cui sono stata convocata qui, valutare il vaso orientale, o la compagnia assicurativa non mi permetterà di tornare a casa e alla mia vita di sempre.

Lo zelo con cui si è offerto di accompagnarmi qui al negozio mi ha dato un'ulteriore conferma di quanto la mia presenza sia poco gradita in paese.

Mi precede per tagliare i sigilli sulla porta con un movimento rapido, che tradisce una certa urgenza, poi si fa da parte e mi lascia entrare per prima.

Un gesto di cortesia di cui non lo credevo capace e che mi sorprende.

Il pavimento scricchiola sotto i suoi passi e mi volto verso di lui: la sua altezza lo costringe a tenere le spalle curve e il suo corpo sembra riempire tutto lo spazio a nostra disposizione.

Il negozio oggi sembra diverso, meno inquietante.

La luce del mattino entra dalle finestre polverose e diluisce le ombre.

Gli animali impagliati sono sempre là con i loro occhi di vetro e quell'odore pungente.

Eppure, non mi fanno più paura.

Non hanno più alcun potere su di me.

Gli scaffali sono pieni di cianfrusaglie, oggetti che ormai mi sembrano più buffi che minacciosi.

Turner si avvicina al bancone.

«Ogni giorno venivo qui a comprare le caramelle, proprio come fa Emily.»

Mormora passando in rassegna con lo sguardo critico i dolcetti opachi per la polvere.

«Credo che siano sempre le stesse.»

Scuote la testa con un sorriso sarcastico che stona in questo posto di morte.

Sono a disagio e mi allontano di un passo da lui, ma sembra non accorgersene.

«Si può sapere cosa stiamo cercando di preciso?»

Mi chiede senza guardarmi negli occhi, la voce piatta, stanca.

«Uno Shang Ping a bocca larga in porcellana Qinghua.»

Rispondo sbuffando con tono impaziente, è ovvio no? Incrocio le braccia e scuoto la testa.

Dopo un attimo, tuttavia, mi rendo conto che forse Turner non ha la minima idea di cosa sia uno Shang Ping normale e non credo proprio che sappia come è fatta la porcellana Qinghua!

Devo smetterla con questo mio atteggiamento di superiorità: me lo dice anche Juliet, ogni giorno.

Ha ragione: devo collaborare con lui se voglio davvero fare il mio lavoro, lasciare questo posto e mettermi alle spalle questa brutta esperienza.

«Non ho tempo da perdere, signorina Harrison!»

Sbotta.

Ha il volto teso, la fronte aggrottata, i suoi occhi scuri sembrano avere una sfumatura più intensa: seria, autoritaria, quasi minacciosa.

«Come è fatto questo maledetto vaso? Quanto è alto, di che colore è!»

La sua mascella è tesa e contratta, i muscoli del viso rigidi, le narici dilatate.

Faccio un respiro profondo e cerco di controllarmi mentre una sensazione di inquietudine mi scivola lungo la schiena.

«È alto circa dieci centimetri, ha il collo lungo e la pancia paffuta, decorazioni con fiori blu e bianchi.

Non lo tocchi: se lo trova, mi chiami subito.»

Muovo le mani mentre descrivo le dimensioni del vaso, la mia voce adesso è più calma, controllata.

Un ammasso di cocci grande quanto una banana.

Forse il detective avrebbe capito meglio se lo avessi descritto in questo modo il vaso, ma no…sono sicura di non aver mai usato parole del genere.

I suoi occhi seguono i miei gesti, ma il suo sguardo rimane imperscrutabile, senza traccia di curiosità.

«Adesso ci siamo.»

Sbuffa e comincia ad aprire gli stipetti più in alto, quelli a cui io non riuscirei ad arrivare.

Il tempo passa in un turbinio di sportelli che si aprono e si chiudono, movimenti impazienti, abiti impolverati e sguardi furtivi che ho sentito su di me: Turner mi ha controllata a vista per essere sicuro che non facessi nulla di strano, che non tentassi di nascondere qualcosa.

«Non c'è nulla qui.»

Mormora, lo sguardo spostato verso l'ufficio sul retro.

Il viso teso, frustrato.

Il silenzio tra noi è pesante mentre ci dirigiamo verso quella stanza.

Contrariamente a quello che mi aspettavo, l'ufficio è pulito e ordinato: sulle mensole ci sono dei grandi faldoni e sulla scrivania un portatile grigio metallizzato di ultima generazione.

In fondo alla stanza c'è una cassaforte a muro.

Aperta.

«Vuota.»

Sbuffa Turner quando ci guarda dentro, poi con un movimento stizzito spinge via lo sportello come se volesse richiuderlo.

«Una rapina?»

Aggiunge, parlando quasi più a sé stesso che a me.

Non sembra sorpreso, solo irritato da questa nuova scoperta.

Era lì che lo teneva Hughes? Forse il vaso era davvero di valore, dopo tutto?

Non posso fare a meno di chiedermelo.

Se il vaso non c'è più, significa che qualcuno l'ha preso.

Ma chi?

Il cuore mi si ferma per un attimo e abbasso lo sguardo sconsolata.

Quando lo faccio, qualcosa attira la mia attenzione: a terra, su un tappeto color cannella che ricopre quasi l'intera superficie della stanza, c'è un biglietto.

A prima vista sembra un semplice cartoncino, ma quando mi piego per guardarlo da vicino, torno a essere tesa e angosciata come lo sono stata ieri sera.

È un biglietto di ingresso per una mostra di arte orientale al Museo Nazionale.

L'ho organizzata io quella mostra e ricordo bene chi c'era.

Juliet…

La prima volta che l'ho vista è stato lì.

Non so neanche bene spiegarne il motivo, ma ne sono stata subito attratta.

La sua presenza era così bizzarra là dentro.

Era chiaro che non le interessasse nulla di ciò che era in esposizione: si muoveva in fretta da un'opera all'altra senza soffermarsi a lungo su nessuna di esse e si aggirava più che altro nei dintorni del bar.

Quando mi sono avvicinata a lei per darle il benvenuto, non ha potuto continuare la sua farsa e ha confessato subito di essersi imbucata senza biglietto.

Fuori pioveva e lei non aveva di meglio da fare quella sera; perciò, era restata perché gli stuzzichini erano di buona qualità.

Questo suo aprirsi con me, il suo sorriso senza ombre mi ha subito conquistata.

E quando ho chiuso la mostra l'ho trovata davanti all'ingresso secondario che mi aspettava.

Non ho pensato che fosse inquietante, mi ha fatto piacere.

Desideravo conoscerla meglio e così è stato.

Siamo andate a bere una birra, ci siamo scambiate i numeri e da quel giorno nessun'altro è esistito per me, ho messo in secondo piano perfino William, anche se prima di conoscere Juliet avrei fatto qualsiasi cosa per lui.

Per i primi mesi sono stata io a volermi isolare dagli altri: non avevo mai trovato nessuno che mi capisse come mi capisce lei, come se mi conoscesse da sempre.

Da quando ho sentito la necessità di aprirmi di nuovo al mondo, tuttavia, mi sono resa conto che Juliet si sta facendo sempre più gelosa del tempo che passo lontana da lei.

Non è necessario che lo trascorra con un'altra persona perché lei sia gelosa, ho quasi l'impressione che stia diventando insofferente anche al mio lavoro, ai miei studi, a qualsiasi cosa che distolga la mia attenzione da lei e dalle sue necessità.

So che dovrei parlarle, anche perché tengo troppo alla sua amicizia e non voglio perderla.

Eppure… a volte Juliet mi fa quasi paura.

Ho paura dei suoi giudizi, dei suoi malumori, di ogni sua reazione.

Non mi sento più libera di essere me stessa, anzi ogni volta che passiamo del tempo insieme sono esausta, come svuotata.

Non ho avuto la forza per richiamarla dopo la nostra conversazione di ieri sera, né per scriverle nulla, aspetto che sia lei a contattarmi.

Sento il rumore di un cassetto che si apre.

È il tipico cigolio del legno, seguito da fruscio di carte.

Si può sapere cosa diavolo sta cercando Turner?!

Un cassetto non può certo contenere un vaso!

«Non tocchi nulla.»

Abbaia il detective alla mia spina dorsale.

Mi congelo sentendo il tono delle sue parole.

«È il biglietto di ingresso per una mostra di arte orientale. C'ero anche io.»

Confesso subito, meglio che lo sappia da me.

Se dovesse venirlo a sapere da altre persone potrebbe pensare che abbia qualcosa da nascondere.

Poi raddrizzo la schiena e lo guardo negli occhi.

Sicura di me, io non ho fatto nulla, neanche ce l'avevo il biglietto di quella mostra!

«Insieme a molte altre persone.»

Le parole escono dalle mie labbra, con più forza di quanto mi aspettassi.

Capitolo 9
Ombre in città

Venerdì 9 marzo 2023

Ore 13:00

«Ne ho abbastanza, davvero abbastanza di tutto questo!»

Borbotto esasperata, mentre il mio sguardo scivola sul paesaggio che mi circonda.

Un paesaggio che a molti potrebbe sembrare idilliaco, ma che per me è solo un'immensa fonte di angoscia.

Sbatto con foga la portiera dell'auto e faccio un respiro profondo mentre mi siedo sui sedili posteriori.

Ho prenotato un taxi, ho bisogno di cambiare aria almeno per un po', di una pausa, lontano da tutto questo.

Me ne andrò nella città vicina.

È un luogo con un nome che più anonimo non si può.

Spero che sia come la immagino: edifici di mattoni a vista ingrigiti dallo smog, l'ennesimo centro commerciale con gli stessi negozi che si trovano in tutto il paese.

L'autista mi lancia uno sguardo dallo specchietto retrovisore: ha gli occhi azzurri di una sfumatura molto fredda, il naso pronunciato col ponte curvo, la barba rossastra che gli spunta dalle guance come fil di ferro arrugginito e gli fa il viso aspro.

Non mi chiede niente, non ne ha bisogno: ho già detto tutto alla centralinista, quando ho prenotato la corsa.

Di sola andata.

"Per il ritorno mi arrangerò" mi dico.

Vorrei così tanto lasciare questo posto, ma purtroppo non posso ancora farlo.

L'uomo abbassa lo sguardo per un attimo, poi lo rialza su di me senza dire nulla.

Un'altra persona che mi osserva con insistenza, che mi fa sentire diversa, nel posto sbagliato.

Inforco gli occhiali da sole anche se non ce n'è bisogno perché il cielo si è annuvolato di nuovo e minaccia pioggia.

Mi infilo le cuffie nelle orecchie: non voglio che attacchi bottone, non sono in vena di fare due vuote chiacchiere.

Prima di iniziare con la riproduzione sento un sospiro, il suo e poi la chiusura centralizzata delle portiere.

Per un attimo mi sembra di essere in trappola, più che mai.

Sfioro il mio telefono, premendo 'play' e subito il respiro comincia a uscire con regolarità.

La voce di William ha sempre avuto questo effetto su di me: riesce a tranquillizzarmi, a farmi dimenticare per un attimo ogni attrito, ogni problema, anche se è stato lui a causarlo.

Eppure, l'ho lasciato andare.

Ho ascoltato Juliet, che ha detto che merito qualcuno di mio, qualcuno che mi apprezzi davvero.

Ma se non volessi qualcuno di meglio? Se non volessi nessuno che non sia William? Lui ha visto in me cose che nemmeno io riuscivo a vedere.

Le lacrime mi salgono agli occhi, ma non voglio piangere, non ora.

Mi asciugo rapida il viso con il dorso della mano, rabbiosa per la mia debolezza.

«Proprio come la immaginavo.»

Mormoro compiaciuta con un sospiro di sollievo mentre cammino per la strada principale: vetrine di agenzie immobiliari, si intervallano a barbieri perlopiù mediorientali e a negozi di seconda mano.

A volte compare una luogo di cultoappartenente a qualche religione sconosciuta e la porta anonima di un'agenzia interinale, sulle bacheche esterne sono affissi annunci di lavoro vecchi di mesi, ingialliti dalla noncuranza e dalla disperazione.

Al centro della piazza c'è il monumento di un tipo, di cui non riesco a leggere il nome, raffigurato in una posa plastica, alla Napoleone Bonaparte.

I banchi del mercato stanno sgombrando, sul lastricato frutta marcia e liquami che puzzano di pesce.

Da due lati posso già intravedere il centro commerciale.

Quando lo raggiungo noto che la pavimentazione di marmo all'interno è sconnessa, a ogni angolo ci sono dei grandi coni di plastica: raccolgono l'acqua piovana che filtra dalle crepe del tetto.

Nonostante questa atmosfera di decadenza e sciattume mi sento serena: nessuno mi presta attenzione, nessuno si accorge di me: tutti hanno il naso nei loro dispositivi.

Entro in un negozio di abbigliamento scelto a caso tra le molte catene presenti.

Il campionario è standard e, in fin dei conti, non ho bisogno che di questo.

Acquisto una camicia bianca, un completo giacca e pantaloni neri senza neanche provarli e della comoda biancheria intima senza troppi frizzi e lazzi.

Al cottage c'è una lavatrice con asciugatrice.

Mi occuperò del bucato stasera al mio ritorno e domani indosserò degli abiti puliti.

Non vedo l'ora.

Davanti al negozio di abbigliamento c'è una caffetteria.

Quando mi avvicino alla cassa, il ragazzino smilzo tutte treccine mi saluta, così come ha fatto con tutti gli altri.

Come se fossi un semplice cliente, non un animale strano da studiare.

Le mensole polverose sono piene di gadget costosi, i dolci nel banco frigo sono vecchi di tre giorni.

Sono sicura, tuttavia, che abbiano lo stesso gusto che hanno quelli del locale davanti al palazzo in cui abito: nessuna sorpresa né in negativo, né in positivo.

Ordino uno dei drink stagionali e pago subito con la carta di credito.

Recupero la mia bevanda e mi siedo su uno dei divanetti di finta pelle, davanti alla vetrata sporca di ditate.

Nessuno mi guarda, ognuno si fa i fatti suoi: i più stanno al pc, alcuni parlano tra loro.

Ma non di me.

Non credevo che la sensazione di essere invisibile potesse piacermi così tanto: sospiro chiudendo gli occhi e gustandomi quella normalità che mi è mancata così tanto.

Prendo un sorso e poi, arricciando le labbra in un'espressione di disgusto la scosto da me: è come bere la cera bollente di una costosa candela profumata.

Guardo fuori il mondo che mi circonda con la consapevolezza che non vedrò mai più le persone che mi passano davanti agli occhi.

C'è un uomo seduto ai tavolini esterni.

Sta leggendo un quotidiano, così anacronistico di questi tempi.

i fogli di giornale gli coprono il viso.

Da qui vedo il titolo dell'articolo in prima pagina.

Le Ombre di Maplewood.

Sono certa che si parli della morte di Hughes in quelle quattro colonne, era una persona conosciuta in paese e forse anche qui in città.

Da qui non riesco a leggere i piccoli caratteri dell'articolo, spero solo che non abbiano pescato una mia foto.

Sono poco fotogenica, soprattutto sgranata e in bianco e in nero: il naso sembra sempre più grande di quanto non sia in realtà e le labbra troppo fini, come se fossi costantemente irritata da qualcosa.

Il mio telefono vibra.

[16:30] Juliet: Mi manchi, Haz, quando torni?

Sono sicura che dovrei raccogliere questo suo messaggio come un'offerta di pace, un ramoscello di ulivo…eppure, non ho voglia di tornare, non in questo momento.

In nessun luogo.

Non a Maplewood, dove tutto sembra volermi giudicare, non in città dove William mi manca in modo insopportabile.

Il pensiero di doverlo rivedere mi tormenta, abbiamo organizzato diverse mostre e convegni insieme e nei prossimi mesi saremo destinati a lavorare a stretto contatto per molto tempo.

Avere lo smartphone tra le mani mi ricorda che devo iniziare a compilare la mia nota spese, così fotografo le ricevute: quella della caffetteria, del negozio di abbigliamento e poi mi frugo in tasca per cercare la ricevuta del taxi: un cartoncino giallo con un taxi nero stilizzato e il nome "Omega Cars" l'ultima lettera dell'alfabeto greco.

Il punto di non ritorno.

La giro per fotografare l'importo della corsa, ma mi rendo conto in un attimo che quello che c'è scritto non corrisponde a quello che ho pagato.

Stai attenta. Gli incidenti accadono con facilità.

Copre l'intero retro del biglietto.

Il respiro mi si ferma.

Il gelo mi percorre la schiena.

Le mani tremano mentre cerco di capire il senso di queste poche parole.

Poi sorrido, nonostante tutto.

Posso andare via.

Sì, posso andarmene!

La responsabile della compagnia assicurativa non vorrà certo tenermi in un posto pericoloso?!

Non mi interessa sapere perché mi abbiano scritto un messaggio del genere, non voglio neanche chiamare la compagnia dei taxi per segnalare l'accaduto.

Vogliono che me ne vada, sarò ben felice di accontentarli!

Esco dalla caffetteria rischiando di andare a sbattere contro chi vuole entrare.

Vorrei riuscire a mantenere la calma e invece mi muovo come un animale selvaggio abbacinato dalla luce dei fari di un'auto.

Voglio convincere me stessa di essere sollevata, ma quando mi dirigo verso il retro del centro commerciale mi muovo ondeggiando come se fossi ubriaca.

Ecco che sono di nuovo al centro dell'attenzione di tutti, ecco che di nuovo mi guardano tutti con sospetto e disprezzo.

La stazione degli autobus è ciò che stavo cercando; è fuori discussione che salga di nuovo su un taxi.

Non questa sera, non da sola, non verso Maplewood.

Devo attendere solo pochi minuti: il numero 3, che riporta come capolinea il nome di un paese a me sconosciuto, si ferma anche a Maplewood (l'ho visto sulla app dell'azienda dei trasporti e ho controllato le fermate sugli orari affissi sotto la pensilina)

Impiega una trentina di minuti e si ferma in stazione.

Si sta facendo buio quando arrivo in paese.

Scendo e mi incammino verso il cottage, ma già quando percorro il vialetto lungo il ruscello, vedo che c'è qualcosa che non va: le luci del piano di sotto e della camera da letto sono accese.

Davanti al cancello c'è un'auto della polizia.

Il cuore mi si stringe.

Cosa sta succedendo?

Mi chiedo mentre con le gambe tremanti affretto il passo.

Capitolo 10
Ombre di sospetto

Venerdì 9 marzo 2023

Ore 18:00

Il cancello è aperto, così come la porta d'ingresso.

Un agente in divisa è immobile sotto il portico illuminato.

Mi avvicino con passi nervosi, metto un piede fuori dalle lastre di pietra del vialetto e quasi incespico sul ghiaino, quando me lo ritrovo sotto i piedi, lo calcio via piena di frustrazione.

«Si può sapere cosa ci fate qui? Chi vi ha fatti entrare?»

Chiedo con un sibilo, senza staccare gli occhi dall'agente.

Mi sento confusa e disorientata.

Ho le mani strette a pugno, il corpo rigido pronto ad attaccare per difendermi.

La mia domanda, tuttavia, resta senza risposta.

L'agente mi osserva dall'alto in basso con uno sguardo sarcastico, le labbra sigillate in un'espressione di scherno e disgusto.

Vorrei scuoterlo, prenderlo a schiaffi, sfogare su di lui tutta la mia rabbia.

E la paura.

Che qualcosa di terribile stia per accadere.

Cosa crede che abbia fatto?

Il silenzio gelido che ci separa è come una lama affilata e tagliente che mi scivola lungo la pelle.

Occhieggio all'interno: in salotto il divano è stato privato di tutti i suoi cuscini.

Tutto sembra essere fuori posto, eppure non mi sorprende più di tanto.

Questo è il caos che la presenza della polizia porta con sé, un'ombra di sospetto che si insinua in ogni angolo.

Anche da qui vedo che gli stipetti sono stati aperti e il microonde suona come una sveglia che ti ricorda che è ora di alzarsi.

E io vorrei davvero vivere dentro un incubo da cui potermi svegliare.

Sarei a casa.

Nel mio letto.

Da sola o con William al mio fianco.

E Maplewood non sarebbe mai esistita.

Dal vano delle strette scale compare la figura del detective Turner, il suo volto severo e immobile, come se fosse scolpito nel legno.

«Venga su, signorina Harrison.»

Dice con una freddezza che quasi gela l'aria.

«Sono sicuro che potrà esserci utile.»

C'è un'arrogante sicurezza nel suo modo di fare e un lampo di sfida che non mi sfugge.

Mi precede salendo i gradini a due a due.

«Si può sapere che ci fate qui?»

Chiedo di nuovo col fiato corto per l'angoscia e la fatica di tenere il passo.

Ancora nessuna risposta.

Turner si gira per guardarmi, ha una luce di disprezzo negli occhi che non lascia spazio a spiegazioni e mi secca la gola.

Quando entro in camera, vedo che accanto al letto c'è un altro poliziotto.

Mi fissa, anche io lo guardo, ma non riesco neanche a registrare il suo volto.

Mi manca l'aria, mi passo una mano sul collo e apro un altro bottone della camicetta.

Vorrei potermi avvicinare alla finestra per respirare, gettarmi in giardino, fuggire.

Un attimo dopo, tuttavia, il mio sguardo viene catturato da qualcosa di bizzarro.

Il poggiapiedi in fondo al letto, così insignificante e banale fino a poche ore fa, catalizza adesso la mia attenzione.

È aperto.

Aveva un vano di cui non conoscevo l'esistenza.

Allungo il collo per sbirciare all'interno senza dovermi avvicinare e…porcellana bianca e blu…non può essere che…

«Il vaso…»

Sussurro, sorpresa e angosciata.

Cosa ci fa qui? Chi ce l'ha messo?

Indietreggio, ma alle mie spalle c'è Turner e il suo fisico statuario a bloccarmi ogni via di fuga.

La polizia non dice nulla, non fa nulla.

La prima mossa, a quanto sembra, dovrà essere la mia.

E io non li faccio attendere.

«Finalmente potrò fare quello per cui sono stata chiamata in questo posto.»

Sottolineo con disprezzo le parole questo posto. Con tutta probabilità non la decisione più intelligente della mia vita, ma non ho proprio potuto fare a meno di dirlo.

Mi sposto in un angolo della stanza dove tengo la mia cartella da lavoro.

Intorno a me solo il silenzio.

Sembra di essere in un campo minato: ogni parola, ogni gesto potrebbe farlo esplodere.

Ogni minimo rumore sembra essere amplificato, anche quello metallico della zip mi è insopportabile.

Non devo frugare nella mia borsa per trovare gli strumenti che mi servono per la valutazione, li tengo sempre a portata di mano, ben riposti in una custodia di pelle morbida.

Estraggo la lente di ingrandimento: mi servirà per esaminare i dettagli del vaso, la sua superficie, vedere se ci sono segni di usura o incisioni; il calibro digitale per misurare il diametro e lo spessore del vaso; la spazzola morbida per rimuovere lo sporco e la polvere senza danneggiare la superficie e, infine, una piccola torcia.

Strumenti che non hanno nulla a che vedere con quelli che ho in laboratorio, il mio progetto era quello di esaminare il vaso, stilare un primo rapporto sul suo valore e le sue caratteristiche e poi, se si fosse reso necessario, lo avrei fatto spedire in città.

Mi avvicino al poggiapiedi, gli sguardi di Turner e del suo agente non mi lasciano neanche per un secondo.

La tensione è palpabile ed è come un filo teso che potrebbe spezzarsi in qualsiasi momento.

Mi piego per prendere il vaso e basta questo, un'occhiata più ravvicinata, per rendermi conto che si tratta di un falso.

È perfetto, troppo.

La patina è liscia, innaturale e il motivo floreale è stampato e non dipinto a mano.

Sento montare la rabbia dentro di me, vorrei gridare, rompere il vaso contro il muro.

Chiunque con un po' di occhio si sarebbe reso conto subito che si trattava di una riproduzione.

Ma Hughes?

Se ne sarebbe accorto lui?

Aveva davvero esperienza di pezzi di antiquariato?

Dopo aver visto quello che teneva nel suo negozio, ne dubito.

Sospiro.

«Tutto bene, signorina Harrison?»

Mi chiede Turner, ma nella sua voce non c'è un'ombra di preoccupazione per il mio benessere.

Dottoressa, D-O-T-T-O-R-E-S-S-A!

Vorrei poterglielo gridare sul viso.

E a ogni lettera scandita, picchiarlo con questa roba che è davvero un ammasso di cocci grande quanto una banana con meno valore della tazza di un cesso!

Non apro bocca, la sua domanda così sollecita non merita neanche una risposta.

«Allontanatevi.»

Intimo come se il vaso fosse capace di esplodere da un momento all'altro.

«Come mai è qui?»

Chiedo arrabbiata.

«Questo deve spiegarcelo lei.»

Il giovane poliziotto si rivolge a me come se si sentisse al di sopra di tutto e tutti.

Anche del suo stesso superiore.

Ha le mani sui fianchi, il mento e le sopracciglia sollevate, eppure non riesce a reggere il mio sguardo.

Lo sguardo limpido, di chi non ha fatto nulla e nulla ha da temere e abbassa gli occhi.

Stringo le labbra per non dire qualcosa che potrebbe mettermi nei guai.

«No...non... l'ho mai visto in vita mia.»

Balbetto.

Ma un attimo dopo la rabbia mi scorre nelle vene.

Giustificarmi, ma perché?

È chiaro che qualcuno stia cercando di incastrarmi.

È una bugia.

Ovvio che l'ho visto.

In fotografia.

«Dal vivo, intendo.»

Mi correggo.

Per carità, non voglio che mi accusino di mentire.

Prendo il vaso e lo appoggio sul tavolo da toeletta.

Il ripiano è di certo troppo piccolo per permettermi di lavorare comodamente, ma è una delle poche superfici rigide di questa stanza.

Comincio a osservarlo con i miei strumenti e ogni tanto mi lascio sfuggire dalle labbra parole altisonanti come:

«Ossido di cobalto, vetrinatura, Jingdezhen, underglaze.»

Con un tono di grande serietà come se fossi davvero concentrata sulla valutazione del pezzo.

Non so bene che cosa si aspetti la polizia da me.

Mi crederebbero se dicessi che è un falso? Senza neanche passarci sopra lo sguardo una seconda volta? E se lo sapessero già? Se mi stessero solo mettendo alla prova?

Non riesco a smettere di pensare e non so quale sia la mossa giusta da fare.

Con la torcia illumino l'interno del vaso.

Le pareti sono lisce, la finitura opaca.

Eppure, qualcosa attira la mia attenzione.

Un dettaglio insignificante a prima vista, un pezzo di carta che giace sul fondo.

Materiale da imballaggio, forse, ma per qualche ragione scatena la mia curiosità.

Perché è lì? C'è scritto qualcosa sopra? E cosa?

Voglio vedere, voglio scoprire cosa c'è su quella carta, ma... Non posso farlo davanti a loro.

Non davanti a questi uomini che mi guardano con sospetto.

Vedono in me solo l'estranea, l'intrusa.

La tensione cresce dentro di me come un fiume in piena, pronta a travolgermi.

Senza farmi vedere, alzo di poco lo sguardo dall'imboccatura del vaso sperando che lo specchio mi dia l'idea di una via di fuga.

Ma dietro di me ci sono loro.

Vicini, troppo.

Opprimenti, troppo.

Un pensiero si fa strada nella mia mente.

Un'idea, un piano.

Unico.

L'unico che posso mettere in atto senza rischiare troppo.

Faccio finta di concentrarmi di più sull'interno del vaso, come se cercassi qualche segno nascosto, qualche carattere inciso,

Mi sporgo un po' in avanti, abbassando la testa.

In quel momento, il giovane poliziotto si avvicina, come un animale feroce pronto ad attaccare la sua preda.

Il suo fiato caldo mi brucia la pelle, arriccio il naso a sentire il suo odore: sudore ed eccitazione.

La nausea mi sale alle labbra, ma non posso fermarmi ora.

Non posso.

Il suo torace mi sfiora la schiena e io lascio cadere la torcia all'interno del vaso.

«Cazzo.»

Impreco infastidita.

«È possibile lavorare in pace?!»

Mi volto verso di loro con la voce irritata e il cuore a mille.

L'agente alza le braccia in tono di scuse, il viso gli si fa sempre più rosso, perle di sudore compaiono sulla sua fronte.

Turner sbuffa con impazienza, alza gli occhi al cielo e scuote la testa in segno di disapprovazione, poi manda l'agente fuori dalla stanza con un semplice schiocco delle dita.

Seguo il ragazzo con lo sguardo mentre si allontana a testa bassa e strascicando i piedi.

Nel mio cuore non c'è ombra di rimorso per quello che ho fatto.

Infilo la mano all'interno del vaso per recuperare la torcia, prendo anche il pezzo di carta che appallottolo nel pugno, non posso permettere che Turner lo veda.

«Cosa ne dice, signorina Harrison?»

Mi chiede, la sua voce carica di curiosità.

«Non posso sbilanciarmi senza gli strumenti giusti: sulle pareti interne non ci sono graffi né iscrizioni, quindi, potrebbe trattarsi di una riproduzione.

Ma avrei bisogno di portare il vaso...»

Inizio a spiegare stando sul vago cercando di mantenere una calma apparente, anche se dentro di me l'ansia cresce come un fuoco che non riesco a spegnere.

«Il vaso non lascia il paese.»

Turner scuote la testa, poi allunga le braccia verso di me.

Gli consegno il pezzo senza fare alcuna resistenza, mi avvicino alla mia cartella da lavoro e rimetto a posto gli strumenti, lasciando cadere con noncuranza anche il pezzo di carta.

«E allora contatterò la compagnia assicurativa per farmi inviare altri strumenti per darle una valutazione più precisa.»

Prendo dalla tasca il telefono, anche se so che è troppo tardi ormai e non c'è nessuno in ufficio.

Voglio che Turner pensi che ho una corsia preferenziale, magari potrebbe aiutarlo a trovare un briciolo di stima e rispetto nei miei confronti.

«Se non c'è altro, vi prego di andare.

Sono molto stanca.»

Neanche alzo gli occhi dallo schermo, sto tirando troppo la corda?

So che non dovrei cacciarli via, che potrebbe essere un rischio, ma il bisogno di rimanere da sola, di scoprire cosa c'è nascosto su quel pezzo di carta, è troppo forte.

Turner non sembra voler fare troppe storie.

Si volta e camminando a passi lenti e misurati si dirige verso il piano di sotto.

Lo seguo, per essere sicura che non porti via nulla di più.

Il cuore mi batte più forte a ogni passo,

Quando la porta si chiude con un colpo secco, una scarica di adrenalina mi attraversa ogni muscolo.

Non guardo neanche dalla finestra per assicurarmi che la polizia abbia davvero lasciato la proprietà e inizio a correre su per le dannate scale, come se dovessi fuggire, salvarmi la vita da un pericolo imminente.

Non mi importa se rischio di spaccarmi l'osso del collo, tutto ciò che conta è raggiungere il piano di sopra.

Con un movimento frenetico delle mani tremanti apro la cartella e tiro fuori il pezzettino di carta.

È un frammento di giornale, usurato e ingiallito, come se fosse stato conservato per anni.

Sul retro - parole spezzate; sul fronte - una foto

Una grande fattoria.
Bruciata.
Distrutta, come se il fuoco avesse divorato ogni traccia di vita.

Capitolo 11
L'ombra della
menzogna

Venerdì 9 marzo 2023

Ore 19:00

Siamo nel 2023 e trovare informazioni su una foto, ormai è un gioco da ragazzi.

Non c'è più bisogno di setacciare archivi polverosi, adesso basta una leggera pressione con le dita su uno schermo di poco più di sei pollici e il mondo intero si dischiude davanti ai tuoi occhi.

Inquadro l'articolo di giornale e scatto una foto.

È tutta sfocata.

Mi tremano le mani.

Sono stanca e ho bisogno di rilassarmi, di staccare la spina.

Tra il messaggio "minatorio" e la visita della polizia che ha frugato tra le mie cose, è stata una giornata orribile e adesso avrei davvero bisogno di un bagno caldo, di mettere qualcosa nello stomaco e di infilarmi sotto le coperte.

«Dopo… dopo…»

Sussurro febbrilmente al vuoto.

Appoggio il ritaglio sul tavolo da toeletta, afferro il telefono con entrambe le mani cercando di stabilizzare l'inquadratura e scatto di nuovo.

Questa volta è nitida, ma la ricerca inversa, che ti permette di ottenere informazioni su una foto caricata online, non funziona come dovrebbe.

Le pagine si moltiplicano sullo schermo, ma nessuna immagine corrisponde in modo esatto a quella che ho caricato io.

Ci sono troppi dati confusi e dettagli che non sono utili alla mia ricerca.

Scorro su e giù sbuffando.

Le didascalie sono tutte identiche: *casa di campagna bruciata*.

«Grazie,» borbotto stizzita «a quello ci ero arrivata da sola.»

Poi, in fondo alla pagina, un risultato si distingue: è l'anteprima di un articolo di un giornale online che si chiama *L'Eco del Villaggio*.

L'immagine corrisponde a quella che ho caricato, ma quando clicco sul link, il sito rimanda un secco e laconico *404 – pagina non trovata* - che non lascia speranze.

I colori e il font del sito, tuttavia, non mi sono del tutto sconosciuti.

Basta che alzi gli occhi per capirne il motivo: su una sedia all'ingresso della stanza c'è il giornale locale che ho preso in stazione quando sono arrivata pochi giorni fa.

L'Eco del Villaggio è la voce di Maplewood.

Non esiste soltanto una versione cartacea, a quanto pare, ma anche una online.

Forse la foto è in qualche modo legata a questo paese, ma come?

Scorro il sito, ma non trovo nulla di utile: ci sono informazioni sugli eventi organizzati in paese tra cui la festa di primavera che si terrà tra un paio di settimane…anche se…se il freddo dovesse continuare a essere così pungente, temo che la bella stdagione tarderà di almeno un mese quest'anno.

Non c'è nessun archivio, nessuna traccia dell'articolo di cui ho visto l'anteprima online.

Non voglio arrendermi, non ancora, così non mi resta che contattare la redazione via e-mail.

Utilizzo il mio indirizzo istituzionale, quello dell'università e mi firmo come dottoressa Hazel Harrison.

Il mio nome è incorniciato da una manciata di titoli accademici, spero che – come accade spesso – faccia colpo e che la risposta avvenga in tempi brevi.

Allego la foto e spiego, per dare più credibilità alla mia richiesta, che ho bisogno di informazioni per alcune ricerche legate al mio lavoro.

Adesso non mi resta che aspettare.

«Aspettare... aspettare...»

Ripeto, sussurrando come un mantra.

Mi siedo sul letto e abbandono la schiena sulla testiera morbida, il telefono ancora tra le mani.

Non mi resta che aspettare...e se non dovessero rispondermi? Un'altra opzione ci sarebbe: e se chiedessi sui social?

Ci sarà un gruppo degli abitanti di Maplewood su cui poter postare la foto e chiedere informazioni?

Entro su Facebook e digito Maplewood nella barra di ricerca.

La Nostra Maplewood, la Nostra Casa è uno dei nomi che appaiono nell'elenco.

Non ho dubbi che sia il posto giusto perché l'immagine del profilo è una veduta del paese.

Il gruppo è chiuso: non posso vederne i membri, né i post o i commenti.

Mi iscrivo, eppure ho la sensazione che la mia richiesta non sarà approvata: mi è chiaro ormai che forestieri non siano i benvenuti.

E credo che questo concetto si applichi non solo al paese fisico, ma anche a quello online.

«E ora che faccio?»

Mi chiedo, la mia voce si è fatta quasi un lamento, come quella di una bambina capricciosa.

Un'ondata di frustrazione mi invade.

Il mio stomaco brontola: è ora di cena e io non ho comprato niente da mangiare in città.

Odio cucinare: credo che sia solo una stressante perdita di tempo.

Apro l'app per le consegne a domicilio, il pub del paese offre questo servizio...

Mhmm che buono...un arrosto con patate è proprio quello di cui avrei voglia in questo momento.

Prima di procedere con l'ordine, tuttavia, esito per un attimo.

Ci sarà da fidarsi a ordinare dal pub di Maplewood dopo il messaggio che ho ricevuto?

«Suvvia, Hazel»

Mi dico prendendo in giro la mia inquietudine e ignorando i miei dubbi,

«Cosa pensi che possano farti, avvelenarti? Aggredirti quando apri la porta?»

La consegna è gratuita e saranno qui tra venti minuti.

Procedo all'ordine.

Vorrei chiamare Juliet, ho voglia di sentire la sua voce.

Trova sempre il modo di farmi ridere e ne avrei così tanto bisogno in questo momento.

Ma il corso di arpa celtica la tiene occupata tutti i venerdì sera.

Lei e i suoi hobby strampalati!

Una decina di anni fa, per il suo ventunesimo compleanno, Juliet, si è regalata un biglietto della lotteria.

Una scelta vincente, in ogni senso.

Ha detto che non ha mai voluto girare il mondo, non ha neanche passione per i beni di lusso, così ha preferito investire nel mercato immobiliare e fare molta beneficenza.

Non avendo bisogno di lavorare, per tenersi impegnata saltella da un hobby all'altro: lingue straniere quasi sconosciute, improbabili sport, corsi d'arte.

Tutto sembra appassionarla.

Tutto e niente.

Dopo un paio di mesi, perde interesse e si butta a capofitto in qualcosa di diverso

A volte mi chiedo se quella vincita che sembra averle tolto ogni scopo nella vita, non sia stata in realtà una sconfitta, una maledizione per lei.

E comunque, visto che è piena di soldi non se lo poteva comprare il biglietto della mostra anziché imbucarsi?

Strano che non ci abbia mai pensato prima!

William...William...non se ne parla nemmeno! Solo pensare al suo nome mi stringe il cuore.

Non saprei neanche da dove iniziare.

Vorrei scusarmi, dirgli che ho sbagliato.

Ma sbagliato a fare cosa, a mettermi al primo posto? Per una volta?

Scendo di nuovo al piano di sotto, mi metto sul divano e accendo la televisione.

Devo tenere la mente occupata in altro per non pensare a lui.

Il quiz preserale è quasi finito, il concorrente non ha idea di quale sia la soluzione, io invece l'ho indovinata subito.

La frase era quella di un libro di Jane Austen e io ho una vera passione per i classici della letteratura inglese e riesco a recitare alcune frasi di *Orgoglio e Pregiudizio* a memoria.

Da casa, seduti sul divano, è tutto così semplice.

Dicono sempre quelli che partecipano a programmi di questo tipo.

Chissà poi se è vero.

Aspetto che si concluda per poi guardare i titoli del TG.

Solo quelli, poi leggo le notizie su una rassegna stampa online a cui sono iscritta, trovo irritante il modo in cui montano certi servizi in TV.

Il mio telefono vibra, immagino che sia il servizio di consegna che mi aggiorna sullo stato del mio ordine.

Ma quando sblocco lo schermo con la mia impronta digitale, la prima immagine che mi appare davanti è quella di un paio di occhi neri profondi e dolci.

Un viso tondo bianco e rosso e labbra carnose.

Un bambino.

Resto interdetta, è una pubblicità?

Poi vedo la didascalia sotto all'immagine.

«Guarda se non è un amore quella tutina che gli avete regalato tu e Juliet.»

Anita…è un messaggio di Anita.

Non avevo idea che avesse il mio numero, né che Juliet mi avesse incluso nel regalo che le ha portato pochi giorni fa quando è andata a trovarla in clinica.

Chiedo ad Anita come stia.

«Come la madre di ogni bambino di sei mesi che si rispetti. Piena di sonno e meraviglia.»

Sei…sei cosa?

Il telefono mi scivola dalle mani e cade con un tonfo sul pavimento, a malapena me ne accorgo.

Non so cosa fare, come reagire.

Non posso crederci, non voglio crederci.

Ma tutto è lì, in quel messaggio.

Juliet mi ha mentito.

Se tre giorni fa non è andata in clinica a congratularsi con Anita per la nascita di suo figlio, dov'era?!

In un momento, sento il mio respiro fermarsi.

La mia mente cerca disperatamente di fare chiarezza.

Devo capire cosa stia succedendo, ma la verità sembra scivolarmi tra le dita, come sabbia, mentre l'ombra della menzogna inizia a farsi strada tra i miei pensieri.

Capitolo 12
Ombre spettrali

Sabato 10 marzo 2023

Ore 06:00

Le 06:00.

Lo schermo dello smartphone segna le 06:00.

Grazie al cielo!

Un sorriso fugace, appena accennato, mi tira il volto.

Quanto ci ha messo questa maledetta notte a finire!

Ho fatto un sogno, un incubo.

Ero lì in quella casa di campagna in fiamme.

Il caldo mi invadeva, mi soffocava.

In testa mi rimbombavano urla sconosciute e passi frenetici.

Io, invece, non riuscivo a muovermi: ero paralizzata dalla paura.

E poi ho sentito due braccia forti afferrarmi, sollevarmi senza sforzo, come se fossi stata fatta d'aria.

Come se fossi stata leggera, piccola.

Ho alzato gli occhi e ho visto il volto di Turner.

Aveva il viso rosso di rabbia e la bocca aperta come se stesse gridando.

Quando mi sono svegliata di soprassalto, il cuore mi batteva a mille, le mani erano bagnate di sudore freddo.

La sentivo nel sangue quella paura, come se fossi stata davvero all'interno di quella casa e non in una proiezione della mia mente esausta.

Non ho più ripreso sonno.

Il silenzio, il buio, la solitudine mi hanno tenuta sveglia.

Sveglia a pensare.

Non tanto a quella foto che qualcuno, chissà poi perché, ha voluto nascondere in fondo a un vaso senza valore, né al messaggio minatorio che mi è arrivato: si può sapere quale pensano che sia il mio vero ruolo qui a Maplewood?!

La verità è che i miei pensieri sono tornati sempre lì, su una sola cosa, su una sola persona.

Juliet.

Due giorni prima che partissi per Maplewood, mi aveva detto che Anita aveva appena avuto il bambino e che sarebbe andata a trovarla.

Non ho frainteso le sue parole, non sono impazzita: il suo messaggio è lì, sullo schermo del mio telefono.

Anita, tuttavia, ha avuto il suo bambino sei mesi fa.

Qualcosa non torna.

Fuori è ancora buio, accendo l'abat jour.

La stanza si riempie di una luce fioca che piega le ombre dei mobili creando linee distorte sul pavimento di legno.

Mi alzo dal letto, ma evito con cura lo specchio, sia quello del tavolo da toeletta che quello del bagno.

Non voglio che riflettano i miei occhi stanchi, la mia pelle pallida.

Mi infilo sotto la doccia e il getto d'acqua gelida che mi colpisce con violenza mi aiuta a congelare i pensieri che continuano a turbinare nella mia testa.

Almeno per un attimo.

Un velo di crema sul viso, una mano tra i ricci per districarli.

Quanto vorrei che fosse così semplice districare anche i nodi che si intrecciano intorno alla mia vita…

Indosso i miei soliti abiti.

È il terzo giorno che li porto: con tutto quello che è successo ieri, il pensiero di fare il bucato non mi ha neanche sfiorata.

Odorano di fumo, di cibo, di vita stantia.

La mia e quella degli altri che mi si è incollata addosso senza che potessi fare molto per impedirlo.

Li butto; quando arrivo a casa, butto tutto.

Mi aiuterà ad allontanarmi da questa brutta esperienza.

Chiudo la borsa e mi dirigo al piano di sotto.

Le scale, che prima mi sembravano impossibili da percorrere, ora non mi fanno più così paura.

Adesso è la minaccia che sento nell'aria, che sia reale o meno, a toccarmi in profondità, a farmi stringere il cuore di inquietudine.

Me ne andrò.

Non starò qui un minuto di più.

Eppure, come faccio a tornare in città, come faccio a guardare Juliet sapendo che mi ha mentito su qualcosa di così banale? Non c'era motivo di farlo.

Non le avrei mai chiesto conto dei suoi spostamenti, come invece fa sempre lei con me.

Il mio pensiero si posa su quell' e-mail che ho inviato alla redazione del giornale locale: chissà se risponderanno.

Sul sito c'era scritto che gli uffici il sabato aprono alle 09:00, per quell'ora, sarò già in viaggio.

Prenderò il treno delle 07:30 e Maplewood, Hughes, Turner... tutto questo sarà solo un fastidioso e inquietante ricordo.

Con il giubbino ancora aperto e la borsa tra le mani, spalanco il portoncino del cottage e scivolo fuori, sotto un cielo che comincia a rischiararsi.

Lascio la chiave nella cassettina in cui l'ho trovata al mio arrivo e procedo al check-out segnalando la mia partenza sulla piattaforma di prenotazione.

Il freddo mi morde il viso mentre mi dirigo verso la stazione.

Il vialetto che costeggia il ruscello è deserto.

La luce fioca dei lampioni in procinto di spegnersi si riflette sull' acqua tremolante, l'eco dei miei passi sembra riverberarsi all'infinito.

Appena prima che mi immetta sul viale principale, qualcosa, a malapena visibile, cattura la mia attenzione.

Un disegno tracciato col gesso.

Mi avvicino attratta da una forza sconosciuta: rettangoli con numeri scritti all'interno, il gioco della campana.

Non posso fare a meno di abbassarmi sulle ginocchia, con la mano sfioro con delicatezza i contorni del disegno che si fanno di nebbia sotto il mio tocco.

Tra le labbra ho la melodia di una canzoncina sconosciuta, eppure per certi versi familiare.

Poi, all'improvviso, mi fermo.

Un colpo al cuore; una sensazione di gelo mi pervade.

Le mani tremano, il respiro si blocca.

Chiudo gli occhi, li strizzo eppure quell'immagine è ancora lì.

Non riesco a togliermela di dosso

Un frammento di fotografia, in bianco e nero.

Una foto che ho visto solo ieri.

Poso la cartella da lavoro sull'asfalto e la apro.

I miei movimenti, tuttavia, sono così maldestri che alcuni dei documenti cadono in strada.

Anche la mia piccola torcia: ieri sera non ho richiuso la custodia dei miei strumenti e così la vedo rotolare lungo un leggero pendio e gettarsi nell'acqua prima che possa afferrarla.

Ma non mi importa, adesso no.

Tra le mani stringo il ritaglio di giornale ingiallito.

Osservo con attenzione e un piccolo dettaglio mi colpisce: un disegno appena visibile su un angolo inferiore.

La mia mente lo aveva già registrato, anche se io non ci avevo fatto caso.

I contorni di un gioco della campana e due lettere EL scritte col gesso in corsivo con un elegante svolazzo.

Un elegante svolazzo che utilizzo ancora adesso quando scrivo il mio nome.

Un brivido mi percorre la schiena, la memoria mi sfugge, il cuore batte all'impazzata.

Mi rimetto in piedi, devo andare verso la stazione.

Devo farlo, lasciare questo posto.

Eppure, mi chiedo se sia giusto andare via senza voltarmi indietro, senza affrontare quello che sta succedendo.

Scuoto la testa: poi cercherò di capire, ma non adesso.

Un tonfo improvviso.
Un dolore acuto mi esplode dietro la nuca, mi piego sulle ginocchia e il buio mi inghiotte.

Capitolo 13
Ombre allungate

Sabato 10 marzo 2023

Ore 16:00

I miei occhi si aprono lentamente.

Ho le palpebre pesanti, come se avessi dormito per giorni interi.

Non riesco a mettere a fuoco nulla, tutto ciò che mi circonda ha i contorni indistinti, come se il mio sguardo fosse velato da una pellicola d'acqua o di lacrime.

Riesco a vedere con chiarezza solo il mio respiro affannoso nell'aria gelida.

Non c'è niente di familiare intorno a me.

Non riconosco nulla: la stanza è spoglia, squallida.

Un odore pungente di muffa pervade l'aria, mischiato a quello del ferro arrugginito e del legno marcio.

Mi passo una mano sul viso, la pelle è umida e appiccicosa, poi mi muovo appena ma è come se un martello mi stesse battendo sulle tempie e per trovare sollievo nascondo la testa tra le ginocchia.

Il muro dietro di me sembra fatto di pietra grezza, tagliente, che mi graffia la schiena ogni volta che cerco di cambiare posizione.

Ogni movimento è una sofferenza: il mio corpo è ingessato, rigido.

L'unico suono che riesco a percepire, oltre al ronzio assordante nella testa, è il battito del mio cuore che pulsa in gola, forte e irregolare.

Un battito che non mi lascia pace, non riesco a pensare, non riesco a capire dove mi trovo, né come ci sono finita.

Un'ombra allungata si profila dalla finestra senza vetri, un alone grigio di luce lattiginosa che entra da fuori.

È una luce fredda, pallida, come quella di un tardo pomeriggio d'inverno.

Da quanto tempo sono qui? Da quanto sono prigioniera di questo posto?

Le domande si affollano nella mia mente come nuvole nere, sono incapace di darmi delle risposte.

Chi mi ha portato qui? Perché? E, soprattutto: cosa mi è successo?

I ricordi sono sfilacciati, come se qualcuno li avesse strappati via lasciando solo brandelli di immagini confuse.

«Il treno…devo andare a prendere il treno…»

Mormoro, ma le parole suonano distanti, come se venissero da un altro mondo.

Poi, un rumore interrompe il silenzio.

Un raschiare, topi, forse.

Ma no, subito dopo sento qualcosa di diverso, qualcosa di umano.

Passi…non sono sola.

Paura e speranza si intrecciano, come due forze opposte che si soffocano l'una con l'altra paralizzandomi.

Mi alzo con fatica, il corpo dolorante.

Mi appoggio al muro graffiandomi il palmo.

Sento il bruciore dei tagli sulla mia mano e il calore del sangue che mi bagna la pelle.

Ogni passo mi fa oscillare tra l'incertezza e il terrore.

Mi avvicino alla soglia della porta e guardo dentro alla stanza da cui proviene il rumore.

Una figura.

È in mezzo alla stanza, accovacciata.

Una figura familiare, eppure così distante, terribile.

«Finalmente ti sei svegliata.»

La sua voce è così dolce che fa paura, come una melodia di un vecchio e malandato carillon.

Non solleva lo sguardo da ciò che sta facendo, come se niente fosse più importante.

Sta disegnando col gesso sul pavimento, un gioco della campana con i numeri e le linee tracciate con precisione.

La stessa precisione che ho visto in quel gioco tracciato in paese, chissà quante ore fa.

Adesso si alza in piedi, il suo sorriso dapprima appena accennato si allarga in modo inquietante.

«Vieni a giocare con me.»

Aggiunge Juliet con un tono che non lascia spazio a rifiuti.

Capitolo 14
Ombre di un passato perduto

Sabato 10 marzo 2023

Ore 17:00

«Jul…»

Mormoro sconvolta senza neanche sapere cosa dire.

Perché sono qui? Perché c'è anche lei?

Dove siamo? Chi ci ha portate qui?

Sono ferma sulla soglia di quella che sembra una soffitta o forse un sottotetto.

Una stanza vuota, proprio come me.

Senza più certezze.

«Non potevi permettere che avessi qualcosa più di te, non è vero?»

Negli occhi di Juliet, un tempo così dolci, vivaci e familiari, adesso si riflette un'oscurità a me finora sconosciuta.

Non so a cosa si stia riferendo: se c'è una che ha più dell'altra, quella è lei.

Più amici, più denaro, più uomini di me.

Per lei è tutto semplice: col suo carattere amichevole ed estroverso è sempre circondata da persone interessanti; non deve far nulla per mantenersi, mentre io devo tutto ciò che sono a me stessa e alle estenuanti serate passate china sui libri a rovinarmi gli occhi e la vita sociale.

In quanto agli uomini…

Juliet ha preteso di strapparmi via dal cuore l'unico che mi sia mai concessa di amare.

«La volevi, la volevi a tutti i costi.

Anche se a te non sono mai piaciute le bambole.»

Abbassa la testa, quasi a toccare il pupazzo che tiene tra le mani: una bambola di pezza, con i capelli biondi e ricci come i miei.

Gli occhi e la bocca sono cuciti.

Come se non potesse parlare o vedere nulla.

Come se non dovesse.

Ha gli occhi lucidi ora, Juliet, attraversati da una rabbia profonda e da una nostalgia che mi schiacciano il cuore.

Io non so neanche cosa stia dicendo.

Allunga un braccio verso di me e comincia a saltare sulla campana, in un movimento che mi fa gelare il sangue.

Non ho mai avuto così tanta paura in vita mia.

«Uno.»

La sua voce è acuta, quasi stridente.

«L'unico scopo di tutta la mia vita è stato quello di ritrovarti, Hazel.

Eri la mia migliore amica, eravamo cresciute qui come sorelle.

Fino a quel maledetto giorno quando hai distrutto tutto solo per la tua gelosia.»

Mi fissa intensamente e vedo nei suoi occhi una rabbia disperata.

La mia migliore amica.

È stata la mia migliore amica dal giorno in cui ci siamo conosciute.

Mi è sempre stata a fianco, si è presa cura di me, come quella famiglia che non ho mai avuto.

Ma adesso… Cosa sta facendo?

Cosa sta accadendo alla nostra amicizia, alla nostra vita?

«Due e tre.»

Salta, facendo roteare la gonna rosa intorno a lei.

Come la corolla di un fiore appena sbocciato e già appassito.

«E quando finalmente ti ho ritrovata, tu non mi hai riconosciuta. Non sapevi chi fossi, non ricordavi nulla. Di quello che avevi fatto alle nostre famiglie, a noi.»

Juliet adesso piange disperata, ha il viso rosso e gonfio, trema come se si stesse frantumando sotto al peso delle sue stesse parole.

Io sono incapace di reagire, la mia mente vacilla intrappolata tra immagini distanti affumicate dalla paura e un dolore sordo mi cresce in mezzo al petto.

«Quattro.»

Salta su un piede solo.

Sento uno scricchiolio inquietante.

Come se tutto intorno a noi fosse dolorante, come se volesse ribellarsi.

Ogni volta che Juliet pronuncia un numero, il mio cuore salta un battito.

Ogni cifra è una condanna, un passo verso la fine.

Ogni suo salto sembra far crollare qualcosa dentro di me.

«Cinque e sei.»

«Ti ho allontanata da tutti, anche da quel tuo William.

Non

devi, non voglio che tu abbia nulla Hazel, neanche un uomo del genere.

E quando ho visto che ti stavi stancando di me io…io…sono tornata qui…a casa… tre giorni fa.»

Juliet continua il suo monologo con rabbia crescente, ogni parola sembra uno sfogo, come se volesse purificarsi da un dolore che l'ha consumata.

Io non so come rispondere.

Cosa posso dire?

Come posso fermare questa spirale di odio?

«Non è cambiato nulla Hazel. Eppure, tu non ti ricordi. Beata te. Non ricordi quella luce che c'era negli occhi dei nostri padri. Non lo sapevo all'epoca, ma si chiamava umiliazione.

Cercavano solo un posto sicuro per noi, un lavoro, hanno ricevuto solo porte chiuse in faccia e disprezzo.

E io, noi bambini non potevamo farci niente. Tu hai dimenticato, te ne sei andata, io ho dovuto vivere per anni col peso del nostro passato, il peso di essere diversa ogni singolo giorno.»

«Sette.»

«Eppure, non avremmo mai potuto immaginare che il tradi- mento più grande sarebbe arrivato proprio da uno di noi.

Da te.

Hai lanciato la mia bambola nuova nel camino, il fumo era così nero e soffocante e poi il fuoco…il fuoco ha distrutto tutto. Tu, Hazel, hai distrutto tutto. La nostra casa, la nostra famiglia, la nostra amicizia. Così l'ho fatto: sono venuta qui, a Maplewood, ho lasciato quell' ammasso di cocci grande quanto una banana davanti al negozio di Hughes con il tuo biglietto da visita.»

Juliet parla con voce tremante, il suo odio è palpabile, come se fosse un'arma.

Ogni parola è una lama affilata, un colpo al cuore.

Cosa mi sta dicendo?

Mi ha seguita?

C'è lei dietro a tutto questo, è colpa sua se Hughes è morto? Avrei così tante domande da farle, eppure posso solo stare in silenzio, mentre la mia mente cerca di trovare un filo logico a quelle schegge di rancore che Juliet mi ha scagliato contro.

Ogni fibra del mio corpo vuole urlare, fuggire, ma la paura mi paralizza.

Non posso muovermi, non riesco a parlare.

Cosa dovrei dire?

Il dolore mi schiaccia.

Ogni parola che Juliet pronuncia è come un altro colpo che mi abbatte.

La realtà è un incubo da cui non riesco a svegliarmi.

«Devi pagare Hazel, devi pagare per tutto il male che hai fatto.»

Sembra perdere l'equilibrio, agita con frenesia le braccia come un uccellino che tenta di volare.

Poi allunga un braccio di nuovo.

Sembra riuscire a sfiorare il mio maglione.

Un ultimo salto e riuscirà ad afferrarmi.

Poi…poi cosa farà?

«Otto e no…»

Non riesce a terminare la frase, il suo macabro gioco.

La sua ultima parola non è più un numero, ma una negazione che mi esplode nel petto.

E poi…sparisce.

La vedo cadere sotto il pavimento e il mio grido si perde nel rumore delle assi che crollano

Epilogo
Le Ombre di Maplewood

Non c'è più niente.
Non c'è più nessuno.
Solo il silenzio è tornato ad abitare questi luoghi.
Un silenzio così terribile e infinito da avermi soffocata, ingoiata.
Sono qui.
Sempre qui, nell'altra stanza.
Da giorni, settimane… da sempre, sembra.
È una prigione da cui non posso evadere, da cui non voglio distaccarmi.
Non accendo più la TV.
Non leggo.
Guardo fuori.
E basta.

Da questa finestra, cornice decadente di un quadro desolante.

La apro o, meglio, vorrei farlo, ma la maniglia fa resistenza.

Quando finalmente ci riesco, la stanza si riempie di un suono stridulo che mi fa stringere gli occhi, i denti e mi fa rabbrividire ogni muscolo.

Era una di loro, quella donna.

Solo una bambina all'epoca.

Una delle Ombre...

li chiamavamo così quelli lì, noi di Maplewood.

Non abbiamo mai saputo i loro nomi, chi fossero e da dove venissero e non ci interessava.

Non sembravano essere una minaccia, eppure la loro semplice presenza disturbava quella tranquillità di cui avevamo sempre goduto.

L'idea che qualcosa di sconosciuto potesse esserci accanto, senza che potessimo capirne le intenzioni, ci faceva sentire vulnerabili.

Non li volevamo qui.

Neanche ai confini del paese.

Neanche in quella fattoria abbandonata che non aveva mai avuto importanza per nessuno, fino a quando loro non ci si erano sistemati.

Quella vecchia casa che ora era diventata la loro, proprio davanti alla mia.

Le Ombre parlavano, ridevano, cantavano.

Erano vivi, troppo vivi.

E io che non ho mai saputo, potuto, voluto esserlo, non riuscivo a sopportarlo.

Avevo paura, di loro e di tutta quella loro vitalità.

«Non li voglio qui.»

Ho detto ad Harold, Harold Hughes, un giorno.

«Fanno confusione, sporcizia e fumano robe strane.»

Eravamo qui, in salotto.

Bevevamo sherry davanti al camino.

Ho abbassato la voce.

Mentivo e me ne vergognavo.

Mentivo e Harold lo sapeva.

Lui mi conosceva meglio di chiunque altro: eravamo cresciuti insieme, eravamo … amici.

È così strano pensarci adesso, noi due eravamo così diversi.

Mentre io tendevo a rimanere in silenzio temendo sempre di dire qualcosa di sbagliato, a osservare gli altri tra la paura e il desiderio di essere vista, lui era sempre al centro dell'attenzione.

Camminava con sicurezza, sapeva come prendere il controllo della situazione, aveva sempre qualcosa da dire.

«Ci penso io.»

Mi ha risposto Harold col suo solito tono deciso guardandomi negli occhi con quella risolutezza che a me è sempre mancata.

Non sapevo che cosa intendesse, ma non gliel'ho chiesto.

Mi sono fidata di lui, come avevo sempre fatto.

Era un mercoledì di gennaio gelido, il vetro di questa finestra era appannato di condensa.

Ed era buio.

Saranno state le dieci di mattina, eppure il cielo era buio.

Buio di tempesta.

Col senno di poi, era come se da lassù volessero giudicare il nostro operato.

Io ero qui.

In questa stessa stanza.

In piedi davanti a questa stessa finestra.

Ho visto Harold venire su dal viale principale e, come ogni volta, il rossore mi è salito al viso.

Mi sono ritratta subito, non volevo che mi vedesse.

Mi ero appena tirata su dal letto.

Non avevo ancora avuto il tempo di pettinarmi i capelli, di rinfrescarmi e mettermi qualcosa di decente addosso.

Il tempo di andare e tornare dal bagno, indossare un abito... e l'ho visto.

Il fuoco.

Salire dalle fondamenta della fattoria.

Verso il cielo.

Non ero impaurita, non ero sconvolta, io ero affascinata, felice.

In fondo era un bello spettacolo.

Ho aperto la finestra per vedere meglio e mi sono stretta al collo l'abito di lana.

Faceva freddo.

Anche se potevo sentire il calore del fuoco e lo scoppiettio del legno.

Sembrava di assistere a uno di quei falò che facevamo da bambini e in cui distruggevamo i fantocci delle nostre paure.
Mi sentivo così libera in quei momenti.
Harold aveva fatto questo per me, non era forse romantico?!
In cuor mio ero consapevole che non fosse una buona soluzione per liberarsi delle Ombre.
Era troppo estrema, troppo pericolosa.
Harold si sarebbe potuto ferire, la mia proprietà, la casa dei miei genitori si sarebbe potuta danneggiare e io non avrei avuto altro posto in cui andare.
Ma ero sicura che Harold lo avesse messo in conto, mi voleva bene e non avrebbe fatto niente che avrebbe potuto danneggiarmi.
Quanto alle Ombre, in fondo non avevano nulla.
E nulla avrebbero avuto da perdere.

E poi quel grido.

Quel grido ... acuto, stridente.
Non sembrava umano, era come il lamento di un animale ferito, il richiamo di un uccello rapace.

Non sembrava umano, eppure lo era.

E quella testa, quella testolina da cui non riuscivo a distogliere lo sguardo ...

E gli occhi di quella bambina pieni di terrore.

Non riuscivo a muovermi, non capivo cosa dovessi fare.

Non so neanche come mi sia svegliata dal trance in cui ero caduta.

Ci avrò messo tre secondi a scendere le scale per raggiungere il telefono, ricordo le assi che scricchiolavano sotto la mia paura, la mia concitazione.

L'odore nauseante, artificioso del profumatore per ambienti.

Lo tenevo accanto al telefono e nella fretta lo avevo urtato e stava impregnando di olio tutta la moquette.

Non riuscivo neanche a ricordarmi il numero di emergenza, sono solo tre cifre e io non riuscivo a ricordarmele.

«La casa dei miei vicini è in fiamme.»

Ho gridato addosso a chi ha tirato su la cornetta.

Senza riuscire neanche a prendere fiato, senza dire chi fossi.

«Capisco la sua preoccupazione, signora...
ma davvero, non c'è motivo di agitarsi.
Siamo molto impegnati in questo momento,
ma sono certo che non sia nulla di serio.»
Ha minimizzato Turner con un risolino.
Si stava prendendo gioco di me quell'uomo
che avrebbe dovuto difendere la comunità.
Tutta la comunità.
Senza distinzioni.
Allora ho capito che lui sapeva, non era solo
negligenza la sua, ma complicità.
Probabilmente tutti erano a conoscenza del
piano di Harold, tutti tranne me.
Ho cominciato a piangere.
Non lo facevo da anni, non credevo di
esserne più capace dopo la morte dei miei
genitori.
«La casa non è vuota.
Ci sono dei bambini.»
Gliel'ho vomitato addosso.
Avrebbero potuto morire e sarebbe stato
solo per colpa mia.
Poi ho lasciato andare il telefono e sono
corsa fuori.
Sono uscita in giardino, ho gridato, non
avrei saputo fare altro, non sarei mai potuta

entrare in quella casa avvolta dalle fiamme, avevo troppa paura.

La stessa paura che vedevo negli occhi di quella bambina.

Ci ha messo un'eternità, il Detective Turner, a salire fin quassù.

La sua macchina non aveva neanche la sirena quel giorno, come se fosse una visita di piacere e non un'emergenza.

Io ero in giardino, lui mi ha raggiunta e mi ha minacciata.

Era così vicino al mio viso che potevo vedere il suo.

Era scuro di rabbia, le narici dilatate, potevo sentire il suo respiro affannoso e la sua voce, il ringhio velenoso di una bestia feroce.

«Adesso torni dentro.

E se apre bocca con qualcuno, giuro che se ne pentirà!»

Per questo sono stata zitta, per trent'anni.

Nessuno ha spento quel fuoco, solo la pioggia ha avuto clemenza di quel luogo.

Nessuno è venuto a chiedermi conto di quello che era successo.

Un tizio una volta è venuto a scattare alcune foto e poi ha suonato il campanello, ma io non ho risposto.

Le Ombre non sono mai più tornate in questo luogo.

Almeno non fino a quel giorno.

Non sapevo che cosa fosse venuta a fare quell'Ombra, pensavo, speravo che fosse qui per me, per portarmi via, per vendicarsi.

Mi ci è voluto un giorno intero prima di prendere una decisione.

Ho cercato di dimenticare, di nuovo.

Ma questa volta non ho potuto farlo.

Avrei convinto Harold, lo avrei costretto a confessare.

Solo così sarei stata libera.

Sono andata al suo negozio quella sera, avevo lo stesso vestito che indossavo quel giorno.

Odora sempre di fumo, il colore del tessuto è ancora offuscato dalla fuliggine che non ho mai voluto lavare via, come una colpa che mi ha macchiato l'intera esistenza.

I finestrini del taxi proiettavano uno schermo nero, come al cinematografo quando finisce la pellicola di un film.

Non c'era nessuno in strada, gli abitanti di Maplewood lo chiudono fuori il buio.

Anzi, vorrebbero farlo, ma quello si insinua dappertutto come fumo, la colpa dei loro padri, dei loro nonni, infetta anche i cuori e le menti delle nuove generazioni.

Lui non c'era, lo sapevo bene.

Per questo avevo scelto quell'orario.

Non volevo che mi facesse desistere dal mio intento.

Il negozio era chiuso, ma chiunque sarebbe potuto entrare: le chiavi lui le teneva sotto allo zerbino.

Tutti lo sapevano, ma nessuno si era mai sognato di prenderle, di riappropriarsi della libertà, segregata tra le pagine di un'agendina di pelle su cui custodiva colpe, debiti e segreti degli abitanti del nostro paese.

Me l'aveva messa sotto il naso una volta, ma non abbastanza a lungo perché riuscissi a leggere quello che c'era scritto dentro.

Sapevo che prendere quel libricino sarebbe stato l'unico modo che avevo per attirare la sua attenzione, per farmi davvero ascoltare da lui.

Dovevo prenderlo.

Ma lui è comparso sulla soglia del suo ufficio proprio nell'esatto momento in cui l'ho tirato fuori dal cassetto.

«Tesoro, cosa pensi di fare con quella, esattamente?»

Aveva il tono cantilenante di chi parla con un bambino scoperto con le mani nella marmellata.

Teneva le braccia incrociate.

Scuoteva la testa, sbuffava.

E quel sorriso, quel maledetto sorrisino.

Finto, tirato, a labbra strette.

«Da brava, ridammela.»

La sua voce era calma, quasi affettuosa, ma svuotata di vero rispetto.

Scandiva le parole lentamente, come si fa con qualcuno che "non ci arriva".

Harold si stava prendendo gioco... di me.

Di me...

Anche se il mio nome, forse l'unico tra tutti gli abitanti di Maplewood, non c'era su quella sua maledetta agenda di pelle nera.

Di me...

Anche se io l'avevo sempre amato.

Non l'avevo mai detto a nessuno, eppure tutti lo sapevano.

Incluso lui.

Di me...

Tanto sconvolta dall'aver visto in quella donna il volto della bambina di un tempo.

Lei era tornata.

Era tornata a casa.

Per togliermi il sonno e risvegliarmi la coscienza.

«È stata solo colpa tua.»

Gli ho rinfacciato quella sera.

Sentivo la mia voce nelle orecchie.

Acuta e fragile, strideva come un gesso che si spezza su una lavagna, come un giradischi con la puntina consumata.

Quando si è avvicinato... io...io...l'ho spinto via da me.

Per un uomo adulto non sarebbe stata che una pacca sulla spalla, ma lui, con la sua fragilità, è caduto all'indietro.

Non lo so perché non mi sono fermata a prestargli soccorso, a sincerarmi che stesse bene.

Avevo paura...solo quello.

Di lui e di me stessa.

Se mi fossi fermata a pensare solo per un secondo avrei perso tutto il mio coraggio.

Me ne sono andata, in fretta quanto me l'hanno permesso le mie gambe malandate e poi via veloce in auto verso casa.

Non mi ha seguita, non mi ha telefonato per chiedere spiegazioni.

Credevo che fosse solo arrabbiato con me, che volesse farmela pagare col suo silenzio.

Non avrei mai creduto che potesse essere morto.

Morto per quella maledetta agenda che non ho neanche aperto.

Poi la notizia è apparsa sul giornale locale, quello che recapita il postino ogni giorno incastrandolo con poca grazia nella cassetta delle lettere.

Mi si è gelato il sangue a vederlo scritto tra quelle pagine.

È stato come leggere il necrologio di una parte di me.

Sono rimasta ore con il giornale in mano.

Non riuscivo a chiuderlo, né a girare pagina.

Guardavo quelle parole come se potessero cambiare da sole, se solo le avessi fissate abbastanza a lungo.

Non ci sarà un'indagine, il giornale dice che si tratta di una morte naturale.

La verità è che nessuno ha interesse a scavare.

Nella vita di Harold, nei suoi segreti.

Men che meno la polizia, marcia, corrotta.

Come un frutto che non può più essere recuperato e va gettato via.

Non posso credere che non lo rivedrò mai più.

Entrava in casa mia con le buste della spesa.

Non ha bisogno di suonare, lui ha le chiavi.

Non condividerà più i miei pasti, non mi terrà più aggiornata sulla vita di un paese a cui io mi sono sempre sentita estranea.

Non so che senso abbia la mia vita adesso che lui non c'è più.

Non so neanche più chi sono.

Adesso che nessuno mi guarda, mi parla più, è come se avessi smesso di esistere.

E poi, qualche tempo fa, non saprei neanche dire quanto con precisione è successa una nuova tragedia.

Quella donna, quell'Ombra non c'è più.

Il solaio è crollato.

C'è scritto così sul giornale locale.

Eppure, io... avevo cercato di salvarla.

L'ho vista rientrare in quella casa, c'era un uomo con lei.

Portava sulle spalle un fagotto coperto da un telo grigio.

Era un uomo che non avevo mai visto, un uomo che spero di non rivedere mai più.

Ho chiamato la polizia anche questa volta.

La mia voce era fragile, ma risoluta quando ho denunciato i loro movimenti sospetti.

Sono stata io a minacciare Turner, il figlio di quell'uomo che adesso passa le sue giornate steso in un letto senza memoria.

Il destino non mi ha concesso neanche questo, di dimenticare.

Gli ho solo detto che c'erano delle persone nella fattoria abbandonata e che, se non fosse salito subito qui avrei rivelato la verità al mondo.

Ha avuto paura che potessi dire davvero qualcosa.

O forse, che qualcuno finalmente mi avrebbe ascoltata.

Non mi ha chiesto di quale verità io stessi parlando.

La conosceva già e l'aveva condivisa e nascosta con la sua omertà.

Ho cercato di salvare quell'Ombra, ma non ci sono riuscita.
Il giovane Turner, dolorosamente simile a suo padre, è arrivato proprio nel momento in cui quel grido spezzava di nuovo l'aria.
Dopo trent'anni.

Non riesco…non riesco neanche a respirare se penso a quello che è successo.
Alla gente, la confusione, le ambulanze, la polizia.
Tremo.
Vorrei, dovrei sedermi.
Ma non c'è nulla in questa stanza.
Forse nemmeno me stessa.
Le Ombre…
Mormoro con la voce spezzata.
Tutta questa violenza, questi segreti… per distruggere chi non ci aveva mai fatto del male.
Con le dita stringo il cordone della tenda.
Tiro.
La stoffa pesante si chiude sul viale deserto.
È il sipario.
È la fine.
Le Ombre.
Il mio volto si contorce in un sorriso amaro.

Alla fine, le Ombre di Maplewood non siamo stati che noi, proprio i suoi figli, che abbiamo scelto di restare nell'oscurità.

Chi sono

Nata e cresciuta nella "Kansas City" di Luciano Bianciardi, oggi vivo nei dintorni di Londra.

La lettura prima, e la scrittura poi, sono diventate nel tempo le mie più grandi passioni.

Come autrice indipendente, mi dedico con cura a trasformare emozioni e vissuti in storie intense, capaci di toccare i sentimenti più profondi che abitano ognuno di noi.

Attraverso le parole esploro fragilità, ombre e la bellezza nascosta nei percorsi dell'animo umano.

Puoi trovarmi su:

Facebook laura laurenti autrice

https://www.instagram.com/lauralaurentiautrice/

Se ami perderti tra le pagine di storie intense ed emozionanti, scopri anche gli altri libri dell'autrice!

Li trovi su Amazon in versione cartacea, ebook e Kindle unlimited.

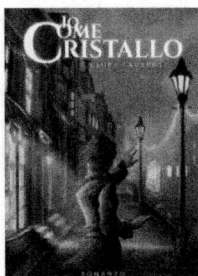

Io, come cristallo

Camelia è una ragazza fragile, come il fiore da cui prende il nome.

Dopo la perdita del padre, il mondo intorno a lei si fa ancora più incerto e difficile. Se non fosse per Mozart, il suo gatto; Terry, l'amica libraia, e Andrès, il misterioso vicino di casa, sarebbe completamente sola.

Con Andrès, Camelia intreccia un legame complesso, fatto di attrazione e paura: forse ha sofferto troppo per riconoscere e accettare l'amore. L'unica ancora di salvezza resta la musica: suonare il pianoforte è la sua forma più autentica di espressione, e proprio durante una serata speciale il suo talento viene riconosciuto, accendendo in lei una scintilla di speranza.

Ma il passato incombe, intrappolando i suoi sentimenti e rendendo difficile aprirsi davvero agli altri.

Io, Come Cristallo racconta con sguardo lucido e delicato il difficile passaggio alla prima età adulta, tra il peso delle ferite, la ricerca di sé e la lotta per non appassire. Un romanzo che esplora la psicologia dei suoi personaggi con finezza e coinvolge il lettore in una trama fatta di emozioni autentiche, mistero e rinascita.

Adatto a chi predilige storie intense, sospese tra il post-romanticismo e la suspense emotiva.

Io, come cristallo è primo capitolo di una storia attualmente in lavorazione.

Indaco e gli altri colori dell'amore: racconti

E se il colore dell'amore non fosse solo il rosso?

E se invece ognuno di noi custodisse nel proprio cuore una sfumatura diversa?

Sei racconti, sei canzoni, sei scene di quotidianità.

Protagonista è una famiglia come tante con le difficoltà da affrontare, i momenti di intimità e di gioia, le dinamiche familiari.

Un caleidoscopio di emozioni legate l'una all'altra dal fil rouge del tema dell'amore.

E non ci sono nomi.

E non ci sono luoghi.

Per non confinare la potenza dei sentimenti che non cambia col mutare delle latitudini e delle personalità.

Printed in Dunstable, United Kingdom

67335767R00088